KB275088
Illust. Re타케
미
내 앞에서는
소녀처럼 귀여운
Himemiya-san,
a maiden and cute girl
in front of me
히메미야씨

"저기, 오쿠가와.
괜찮아? 내 목소리,
제대로 듣고 있어?"

"미안해.
나 때문에……
다친 데는 없어?"

유메노 노엘
Noel Yumeno

나나호시 여학원 1학년.
오쿠가와 마츠리와 초등학교
동급생으로 친구.
사랑스러운 미모와 뛰어난 몸매의
소유자. 북유럽계 쿼터.

히메미야 카나데
Kanade Himemiya

아마노다테 학원 고등학교에서
제일가는 쿨한 미소녀.
그 늠름한 모습 덕에 '
아마노다테의 왕자님'으로 불리고 있지만,
실은 공주님이 되길 바라고 있다.

오쿠가와 유이토
Yuito Okugawa

아마노다테 학원 고등학교 2학년.
히메미야 카나데와 같은 반.
카페 '마블'에서 알바를 하고 있다.
여성을 대하는 데 서툴다.

오쿠가와 마츠리
Matsuri Okugawa

아마노다테 학원 고등학교 1학년.
유이토의 귀여운 의붓동생.
명랑 쾌활하고 항상 밝고 기운이 넘친다.
오타쿠 문화에 젖어 있다.

love you

"오히려 그 반대야.
매력이 너무 넘쳐서 직시할 수가 없다고!
그보다 카나데, 목욕수건 아래는
그…… 알몸인 거지?"

"으음…… 그 반응은 뭐지?
설마 목욕수건을 걸친 내 모습에는
매력이 없어서
볼 가치가 없다는 뜻이야?"

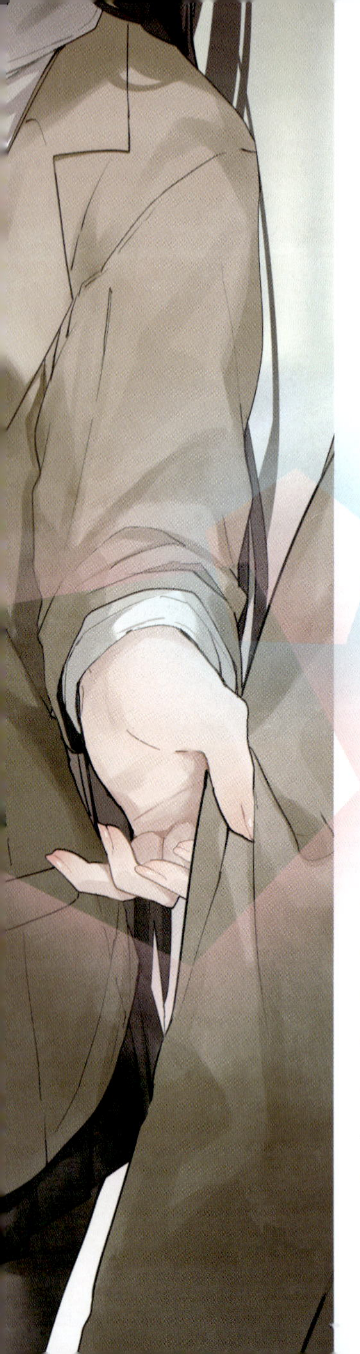

CONTENTS

Himemiya-san, a maiden and
cute girl in front of me

내앞에서는 소녀처럼 귀여운 히메미야씨

아마네 메구미

일러스트 Re타케

일러스트 Re타케

제1장 : 왕자님 같은 미소녀의 소녀 같은 일면

늘 늠름하고 멋있는, 왕자님 같은 사람이 사실은 귀여운 걸 몹시도 좋아하는 공주님 같은 생각의 소유자라는 걸 나만 알게 된다면 어떨까.

너무나도 귀여운 반전 매력에 몸부림치며 심쿵해 죽을 게 분명하지만, 그런 일이 현실에서 벌어질 리가 없다. 그런 건 라이트 노벨 세상에서나 일어나는 일이니까.

하지만 봄방학의 끝이 코앞으로 다가오고 새 학기의 발소리가 들리기 시작한 이날. 설마 그 상황을 실제로 체험하게 될 줄은 상상도 하지 못했다.

"하아…… 나도 이런 연애를 해 보고 싶어."

카페 창가 자리에 앉은 한 미소녀가 권태로운 한숨을 내쉬었다. 손에 들고 있던 문고본을 탁 덮으며 황홀에 잠긴 모습은 그 자체로 한 폭의 그림 같았다.

"저 애는…… 히메미야?"

그런 그녀와 나—오쿠가와 유이토—는 얼굴을 아는 사이, 라고 할까 같은 고등학교에 다니는 동급생이었다. 하지만 평소 학교에서 보던 히메미야와 지금의 그녀는 전혀 다른 사람 같았다.

"내 앞에도 나타나지 않으려나, ……왕자님."

하아 하고 재차 한숨을 내쉬며 혼잣말하는 그녀의 이름은 히메미야 카나데.

도립 아마노다테 학원 고등학교를 다니는 1학년 학생—이라도 해도 다음 주면 진급해서 2학년이 되지만—이자 내 동급생으로, 남학생들뿐만 아니라 여학생들 사이에서도 절대적인 인기를 누리고 있어 '아마노다테의 왕자님'이나 '아마노다테의 여신'이라는 별명으로 불리는 아이돌 같은 존재다.

맑고 투명한 보석 같은 눈동자. 곧게 뻗은 콧날에 세상을 초월한 그 미모는 흡사 동화 속에 등장하는 왕자님, 혹은 그림에서 묘사되는 전쟁의 여신 같기도 했다.

또한 맑은 밤하늘을 연상시키는 칠흑 같은 머리카락은, 고요하고 다부진 분위기와 귀여운 분위기를 동시에 자아내며 환상적인 미모에 일조하고 있었다.

그 단정한 외모에 더해 그녀는 몸매도 뛰어났다.

길쭉한 팔과 다리에 모델들이 무색하리만큼 잘록하게 조여진 날씬한 허리, 묵직하게 잘 여문 두 개의 과실과 안산형 애플힙은 실로 황금비라 할만했다. 인간의 몸을 초월한 아름다움을 보유하고 있다고 말해도 과언이 아니다. 신은 정말 불공평하다.

그 탓에 그녀는 1학년 때부터 지금까지 선후배를 가리지 않고 매일 같이 사람들에게 고백을 받았고, 밸런타인데이에는 양손에다 들 수도 없을 만큼 많은 초콜릿을 선물 받았다. 하지만 히메미야가 그 마음에 응답하는 일은 절대 없었고, 고백도 전부 '죄송합니다'라는 한마디로 일축해 왔다.

그로 인해 남학생들 사이에서는 실연의 아픔을 가르쳐 준다고 해서, 암암리에 '당류 제로의 여신'이라고도 불리고 있다나.

"하아…… 나도 공주님이 되고 싶어…….."

그런 히메미야가 벌써 몇 번째인지 모를 한숨을 토해 내더니, 급기야 테이블 위에 엎드렸다.

그런 흐트러진 모습을 학교에서는 본 적이 없었던지라 나는 놀랐다. 이 모습을 사진으로 찍어 팬들(비공인)에게 팔면 떼돈을 벌 수 있겠지.

"유이토. 팬케이크랑 허니 카페오레 세트 나왔어. 서빙 부탁해."

"앗, 네. 알겠습니다."

주방에서 들려온 점장의 목소리에 의식을 현실로 되돌리며 요리를 받았다. 잠깐만, 이걸 배달할 테이블이 설마―.

"후훗. 맞아. 이건 안쪽 테이블에서 붉으락푸르락하고 있는 귀여운 손님의 주문이야. 저 아이는 우리 가게 단골이니까 잘 부탁해."

이곳 카페 '마블'의 인기 메뉴인 폭신폭신 팬케이크를 주문했단 말인가, 저 히메미야가! 뭐, 점장님이 만드는 팬케이크는 일품이고, 이 가게를 방문하는 손님 대다수도 이걸 먹으려고 오는 거니까 당연하다면 당연하겠지. 그런데 히메미야가 이 가게 단골이라고?

"맞아. 들르게 된 지는 꽤 됐는데 유이토가 보는 건 처음인가? 후훗, 그렇다면 아주 운이 좋은 거야. 저 애를 보면 좋은 일이 생기기로 평판이 자자하거든. 실제로 우리 가게도 저 애가 방문하게 되면서 매출이 점점 올라갔으니까."

방긋 웃는 점장님을 보며 저도 모르게 가슴이 두근거렸다. 우리 점장님은 쓸데없이 미인에다 멋있단 말이지. 학창 시절에 인기가 많았을 게 분명하다.

그렇지. 얘기한다는 걸 깜빡했는데 나는 이 카페 '마블'에서 아르바이트를 하고 있다. 점장님이 내 어머니와 학창 시절 친구라서, 그 인연으로 소개를 받아 일하고 있다. 당연히 학업에 지장이 없는 범위에서지만.

"자, 유이토. 사담은 이쯤 해 두고 얼른 요리를 배달해 줘. 행운을 날라와 주는 우리 가게 여신님의 심기를 상하게 하지 않도록 조심해, 알겠지?"

"알고 있어요, 점장님. 다녀오겠습니다."

힘내라면서 손을 흔드는 점장님의 배웅을 받으며, 나는 평소보다 조금 긴장한 채 히메미야가 앉은 테이블로 향했다.

그녀는 여전히 현실로 돌아오지 못한 듯 테이블 위에 엎드려 있었다. 이런 방만한 일면도 있다는 사실에 흐뭇함을 느끼면서도 그 마음을 전력으로 억누르며 친절하게 말을 건다.

"오래 기다리셨습니다. 폭신폭신 팬케이크와 허니 카페오레 세트 나왔습니다."

"—?! 고, 고마워. 아… 여전히 생크림이 듬뿍 올려져서 맛있어 보이네……. 사진을 찍어도 될까요?"

힘차게 벌떡 고개를 들어올린 히메미야는 나를 힐끔 쳐다보았지만, 금세 팬케이크에 정신이 팔린 눈치였다.

진주 같은 눈동자를 반짝거리며 황홀한 표정으로 팬케이크로 스마트폰 카메라를 향한다.

뭐지? 얼른 사진을 찍으면 될 텐데. 아, 내가 있어서 집중이 안 되는 건가.

"그럼 편한 시간 보내세요."

나는 인사한 뒤 발길을 돌렸다. 동급생이라고 해도 반이 다르니 내가 누군지도 모르겠지. 조금, 아주 살짝, 슬프긴 하다.

"저, 저기! 사진 찍어도 되는 거죠?"

음? 점장님의 얘기가 맞다면 히메미야는 단골이지 않나? 그럼 우리 점장님은 사진 촬영 오케이라는 것도 알고 있을 텐데. 아니면 매번 이렇게 확인을 받고 있는 건가? 참 착실한 사람이구나.

"물론이죠. 잔뜩 찍으시고 겸사겸사 홍보도 해 주세요."

요즘은 SNS 홍보의 위력이 어마어마한 시대다. 히메미야가 유명한 SNS를 활용하고 있는지는 알 수 없지만, 사진에 한마디 말을 덧붙여 글을 올려 준다면 폭발적으로 공유될 게 분명하다. 그렇게 되면 매출이 올라서 점장님은 싱글벙글, 나도 급료가 올라서 덩실덩실 신바람이 나겠지. 나는 그런 멍청한 상상을 하며 재차 물러가려 했지만.

"저, 저기! 한 가지만 더 부탁드려도 될까요?"

"? 네, 뭔가요?"

히메미야에게 다시 불러 세워졌다. 아직 부탁할 일이 남은 건가?

"네가 이 가게를 다니고 있다는 걸 비밀로 해 줄래, 오쿠가와?"

나를 알고 있었어?! 아니, 그보다 지금 눈앞에 있는 이 사람은 당류 제로라든가 블랙커피 같은 무시무시한 별명으로 불리고 있는 사람과 동일 인물이라고는 상상도 할 수 없었다.

왜냐하면 이때 히메미야는 뺨을 살짝 붉힌 채 미소 짓고 있었기 때문이다. 이렇게 녹아내릴 것처럼 달콤하고 귀여운 미소는 처음 봤다.

"마지막으로 하나만 더. 사진. 대신 찍어 줄 수 있을까? 내가 사진을 잘 찍지 못해서 오쿠가와가 찍어 줬으면 좋겠어. 혹시 그런 서비스는 안 하는 거야?"

태연하게 부탁을 추가하는 건 관둬 주시지 않을래요? 그런 산통 다 깨는 태클을 거는 대신 나는 묵묵히 고개를 끄덕였다.

점장님이 카운터 안에서 히죽거리는 모습이 시야 끄트머리에 잡혔지만 상관없다.

"알겠습니다. 저라도 괜찮으시면 찍어 드릴게요. 그래도 너무
—."

"만세! 고마워, 오쿠가와!"

기대하지는 말아 달라고 말할 새도 없이 히메미야가 기쁜 듯이 어깨를 들썩이더니 스마트폰을 건넸다. 카메라는 이미 켜져 있나. 그럼 셔터만 누르면 되겠네. 하지만 그 전에 도저히 마음에 걸려서 견딜 수 없는 게 있었다.

히메미야의 폰 케이스는 수첩 형태로 소재 자체는 지극히 평범했지만 일부 그룹 내에서 절대적인 인기를 자랑하는 은발 동물 귀 미소녀 일러스트가 커다랗게 박혀 있었는데, 그 얼굴이 낯익었던 탓에 저도 모르게 혼잣말을 내뱉고 말았다.

"이 폰 케이스는, 설마 유키우에 시엘?"

"헐, 혹시 오쿠가와는 시엘을 아는 거야?! 혹시 좋아해?!"

몸을 불쑥 내밀며 오늘 본 것 중에 가장 적극적인 태세로 말꼬리를 잡은 히메미야에게 놀란 나는 저도 모르게 한 발 뒤로 물러

서며 고개를 끄덕였다.

유키우에 시엘은 최근 몇 년 간 화제를 이어가고 있는 버추얼 세상에서 활약 중인 소위 말하는 버튜버*다. 성숙한 외모에 새로 내린 눈처럼 아름다운 은발과 여우 귀가 특징적인 여성으로, 주로 게임 스트리밍 생방송을 중심으로 활동하고 있다.

인기에 불이 붙은 건 모 공포 게임 생방송 때. 처음에는 우아하게 헤드샷을 날리고 있었지만, 너무 여유를 부린 나머지 탄약이 떨어져서 대처할 수 있는 무기가 나이프밖에 없다는 절체절명의 상황에 빠지자 발광해서 본래 성격을 드러내며 클리어하는 방송 사고를 냈다. 하지만 이 반전 매력이 시청자들에게 크게 어필한 덕에, 활동을 시작한 지 2년이 지난 지금은 구독자 수가 80만 명이 넘어가는 초인기 스트리머가 됐다. 인생이란 어떻게 될지 알 수 없는 법이다.

참고로 어째서 이렇게까지 자세히 알고 있냐면, 딱히 내가 좋아해서는 아니고 여동생이 이 버튜버의 광팬이라 생방송이 시작될 때마다 내 방에 와서 침대와 컴퓨터를 점령하기 때문이다. 바로 며칠 전에도,

'유이 오빠, 가르쳐 줘! 어떡해야 시엘한테 슈퍼챗을 보낼 수 있어?!'

얼마 없는 용돈이며 새해 기념으로 받은 세뱃돈을 전부 쏟아부으려고 해서 매번 말리느라 고생했다.

"나도 최근에 보기 시작했는데 너무 귀여워서 푹 빠져 버렸어.

* 버추얼 유튜버, 컴퓨터 그래픽을 활용해 만든 아바타 캐릭터로 유튜브 등의 라이브 스트리밍 지원 사이트에서 방송을 진행하는 인터넷 방송인을 말한다.

지금은 시엘의 생방송을 보는 게 사는 낙이라고 해도 과언이 아닐 정도야. 아, 시엘은 어째서 저렇게 귀여운 걸까…….”

히메미야가 나른한 한숨을 내쉰다. 아니, 아무리 그래도 그건 과언이 맞다는 말이 입 밖으로 튀어나올 뻔했지만, 나는 꾹 참고 난처한 미소를 지으며 ‘그렇구나.’라고만 대답했다.

뭐가 그렇구나인지는 묻지 말아 줬으면 한다. 나도 모르니까.

“히메미야가 버튜버를 많이 좋아한다는 건 알았으니까, 슬슬 사진을 찍지 않을래? 기껏 만든 팬케이크가 식어 버리면 아깝잖아?”

“헉?! 그랬지! 시엘 생각을 하다가 팬케이크를 완전히 잊고 있었어! 오쿠가와, 얼른 찍어 줘!”

“……그럼 찍을게. 자, 치즈.”

잊고 있었냐고 속으로 태클을 걸며 양손에 접시를 들고 활짝 웃는 히메미야 왕자님을 사진에 담았다. 초점이 팬케이크가 아니라 히메미야의 얼굴에 맞춰진 건 카메라의 얼굴 인식 기능 때문이지 내 잘못이 아니다.

“자, 히메미야. 혹시 모르니까 제대로 찍혔는지 확인해 줄래?”

“고마워, 오쿠가와. 응, 완벽해. 이걸로 오랫동안 바라던 염원이 달성됐어.”

너무나도 아름다운 미소녀가 만개한 벚꽃처럼 미소를 지으면 어마어마한 피괴력이 있다는 사실을 나는 처음으로 깨달았다. 덕분에 내 생명력은 이미 제로다.

“그럼 나는 다시 일하러 갈 테니까. 식기 전에 먹어.”

“후훗. 일하는 동급생 앞에서 먹으려니 왠지 미안하지만, 네가 그렇게 말하니까 사양하지 않을게.”

후우. 이걸로 간신히 풀려나겠군. 미소녀이면서도 왕자님 같은 면모가 있는 히메미야와 대화하는 것만으로도 머리가 이상해질 것 같은데, 그 와중에 소녀 같은 일면까지 보여 주는 건 반칙이다. 저 반전 매력은 전 인류를 매료시킬 수도 있다고.

"수고했어, 유이토. 동급생 훈남 미소녀는 어땠어? 엄청 귀엽다는 생각이 들지 않든?"

카운터로 돌아오자 히메미야와는 또 다른 어른스러운 관능미를 뿜어내고 있는 미인 점장님이 치하와 놀림의 말을 웃는 얼굴을 덧붙여 건네왔다.

"아, 네. 그야말로 어마어마하게. 라니 무슨 말을 시키시는 거예요? 애초에 점장님, 히메미야랑 아는 사이세요?"

"뭐, 그렇지. 왕자님이라고 불렸던 사람들끼리 의기투합했거든. 나랑 저 애는 비록 나이는 스무 살쯤 차이 나지만 친구라고 해도 과언이 아니야."

점장님이 팔짱을 낀 채 후훗 하고 음흉하게 웃는다. 아들인 내가 말하면 이상하게 들릴지도 모르지만, 우리 어머니는 솔직히 말해서 귀엽다고 생각한다.

같이 걷고 있으면 남매, 혹은 커플로 오해받을 때도 종종 있다. 하지만 점장님은 그런 어머니와는 대척점에 있는 멋있고 아름다운 사람이다. 하지만 아직 독신이라고 하니 세상일이란 참 알 수 없는 법이다.

"아하하. ……뭐, 내 입으로 말하기는 뭐하지만, 나는 이래저래 일이 많이 꼬여서 말이지. 그러니까 유이토는 나처럼 되면 안 돼. 알겠지?"

어머니에게 들었던 얘기에 따르면 학창 시절의 첫사랑을 잊지 못하고 있는 것 같다던데, 이런 점장님을 선택하지 않은 사람은 대체 어떤 사람인지 한편으로는 궁금하기도 했다. 언젠가 들을 기회가 있다면 좋겠다고 생각하는데, 손님의 방문을 알리는 종소리가 딸랑거리며 울려 퍼졌다.

"여기가 숨은 맛집이라고 소문이 자자한 카페구나! 분위기가 레트로하니 괜찮네!"

"심지어 만나면 행복해질 수 있는 손님도 있다며?"

나는 속으로 성대하게 혀를 찼다.

가게로 들어온 건 대학생으로 보이는 남성 2인조였다. 좋게 말하면 쾌남, 나쁘게 말하면 한량이라고 할 수 있는 부류려나. 한 사람은 갈색으로 염색한 펌헤어, 다른 한 사람은 사이드를 쳐낸 투블럭 머리를 하고 있다. 가급적 접근하고 싶지 않은 부류이긴 하지만,

"……유이토. 혹시라도 문제가 생기면 부탁해."

기분이 좋아 보였던 점장님이 순식간에 나직한 목소리로 말했다. 서비스 업종에서 손님은 왕이라는 말이 있지만 우리 점장님은,

—가게 분위기를 망치는 사람은 설령 신이라 해도 용서치 않는다—.

용서치 않는다고 할까 죽일 기세가 등등한 방침을 내세우고 있다. 그래서 방금 전의 '부탁해'란 말 속에는 '입을 다물게 만들어라. 혹시라도 문제가 생기면 가게 밖으로 쫓아 버려라.'라는 의미가 담겨 있을 것이다. 아마도, 분명, maybe.

점장님의 몸에서 불유쾌한 기운이 새어 나오기 시작한다. 음,

이대로 방치하는 건 위험하다. 누가 위험하냐고? 그야 당연히 애먼 화풀이를 당하게 될 나 자신이다.

"어서 오십시오, 손님. 두 분이시군요? 자리는 비어 있는 곳에 앉으시면 됩니다."

"네네, 그렇게 할게요~. 엇, 잠깐…… 야, 저길 봐, 저 애! 엄청 귀엽지 않냐?!"

한량 중 한 사람이 창가 자리에서 팬케이크를 입안 가득 머금고 있는 히메미야를 발견했다. 그 일행이 휘익 휘파람을 불고는 음흉한 표정을 짓는다. 두 사람은 나란히 히메미야 쪽으로 걸음을 뗐다. 어이 이봐, 뭘 할 셈이야? 설마─.

"저기. 너, 혼자야? 뭐하면 우리랑 같이 먹지 않을래?"

"이 가게 대금은 우리가 낼 테니까, 지금부터 우리랑 다른 데로 놀러 가자!"

역시였냐아아아!!! 하필이면 우리 가게에서 헌팅이냐고!! 점장님이 제일 싫어하는 행위란 말이야! 수많은 민폐 행위 중에서도 제일 혐오해서 순식간에 불쾌 게이지가 한계를 돌파한다.

"유이토…… 죽여 버려."

아니나 다를까, 점장님은 완전히 분노 모드로 돌입했다. 그 증거로 죽이라는 말과 함께 엄지로 목을 슥 일자로 긋는 동작을 하며 지금 당장 놈들을 쫓아내라고 눈치를 주고 있다.

나는 성대한 한숨을 내쉬며 히메미야의 자리로 향했다.

"좀 조용히 해 주실 수 없을까요? 기껏 주문한 맛있는 팬케이크가 소용없어지겠어요."

"와우! 역시 미인! 쌀쌀맞은 태도도 좋네! 도전 욕구를 자극해!"

"이게 그 츤데레*인가 뭔가 하는 거지?! 수줍어하는 얼굴도 보고 싶네!"

이건 점장님이 아니라도 듣기만 해도 기분이 나빠지는데. 온후함이 사람의 형상을 하고 있는 나도 울컥 짜증이 났다. 얼른 중재에 들어가지 않으면 히메미야가 불쌍해질 것 같았다.

하지만 그런 내 걱정은 아랑곳없이 그녀는 크게 한숨을 내쉬며 물이 담긴 컵을 손에 들더니 주저 없이 두 사람에게 끼얹었다.

"제가 조용히 해 달라고 말했죠? 당신들은 사람 말이 안 통하는 원숭이인가요? 아니면 만년 발정기인가요? 아, 이렇게 말하면 원숭이에게 실례겠네요. 미안해요."

무, 무슨 짓이야, 히메미야?! 물을 끼얹는 것만이라면 그렇다 쳐도 (그래도 괜찮은 건 아니지만) 도발까지 하면 어떡해?! 심지어 안색 한 번 변하지 않고 서늘한 표정으로 말해서 그런지 효과도 발군이라, 헌팅맨 형님들의 관자놀이가 분노로 파들파들 떨리고 있었다.

"너 이 자식! 귀엽다고 기고만장해서는! 까불지 말라고!"

"세상이란 게 어떤 건지 좀 가르쳐 줘야겠네. 자, 이쪽으로 와!"

"—꺄악!"

히메미야가 분노한 남자에게 손을 잡혔다. 아무리 호되게 차였다지만 실력 행사로 나서는 속도기 너무 빠른 거 아닌가. 천하의 히메미야도 놀라서 귀여운 비명을 질렀다.

"자자 손님, 거기까지 하시죠. 가게 안에서 난동을 부리지 말아 주세요."

---

* 속으로는 수줍어하면서도 겉으로는 쌀쌀맞게 행동하는 사람을 말한다.

나는 히메미야 앞으로 끼어들며 최대한 가벼운 어조로 말했다. 그리고는 히메미야의 뱅어처럼 희고 가느다란 손을 잡고 있는 발칙한 녀석의 손을 밑에서 쳐올려 구속을 풀었다.

"저, 점원은 빠져 있어! 이건 우리랑 이 여자 사이의 문제라고! 너랑은 상관없어!"

"그래! 아픈 꼴을 당하고 싶은 게 아니라면 당장 꺼져. 도로 일하러 가라고!"

"……그렇게 말씀하셔도 말이죠, 손님. 저희 가게에서는 민폐 행위를 금지하고 있어서요. 특히 헌팅이나 헌팅이나 헌팅 같은 거요."

물론 그 밖에도 몇 가지 금지 행위가 있지만 여기서는 생략하겠다. 애초에 좀처럼 발생하지 않으니 말이다.

"이곳은 만남의 장이 아니라 고요한 한때를 즐기는 장소입니다. 그게 불가능하다면 이만 물러가시죠. 이렇게 말해도 원숭이에게는 통하지 않겠지만요."

되도록 웃는 얼굴을 유지하며, 나는 과장되게 어깨를 으쓱이고는 출구를 가리킨 채 두 사람에게 마지막 통고를 했다.

"얼른 가게에서 나가, 망할 놈들아."

"너 이 자식…… 둘 다 원숭이라고 부르다니……! 우리가 대학에서 몽키즈란 별명으로 바보 취급당하고 있다는 걸 아는 건가?!"

"너희들도 우리를 원숭이라고 바보 취급하는 거야?! 까불지 말라고!"

아무래도 나와 히메미야가 그들의 마음속 상처를 건드린 모양이다. 눈에서 피눈물을 흘리고 있는 것처럼 보이는 건 기분 탓일까? 그런 바보 같은 생각을 하고 있는데 한량 중 한 사람이 나를 향해 주먹을 치켜들었다.

"귀여운 여자애 앞이라고 우쭐대지 말라고!"

뒤에는 히메미야가 있었기에 피할 수 없었다. 그렇다고 백 보 양보해서 미소녀라면 몰라도, 남자에게 주먹을 맞고 포상을 받았다며 기뻐하는 취미는 내게 없었다. 그렇다면 방법은 하나.

나는 오른쪽에서 뻗어온 스트레이트를 귀찮은 날벌레를 쫓아내듯이 왼손을 밑에서 휘둘러 궤도를 틀고는 한 걸음 더 나아가 남자에게 오른 주먹을 날렸다. 물론 코에 닿기 직전에 멈췄지만, 그는 놀라서 헛발질을 하다가 엉덩방아를 찧었다.

가게 안에 정적이 흐른다.

생각지도 못한 반격에 할 말을 잃은 손님과 내가 얻어맞을 줄 알았던 히메미야는 예상을 벗어난 전개에 입에 손을 댄 채 놀라고 있다. 오직 점장님만이 히죽거리며 음흉한 미소를 짓고 있었다.

"분노에 눈이 멀어 폭력을 행사하다니 원숭이보다 못한 단세포네. 썩 돌아가시죠, 손님. 다음번엔 봐주지 않을 겁니다?"

"'아, 알겠습니다! 잘못했습니다아!'"

한량들은 도망치는 토끼처럼 부리나케 가게 밖으로 나갔다.

나는 한 차례 한숨을 내쉰 뒤 어깨를 으쓱거렸다. 이것 참, 이걸로 점장님의 체증이 내려갈 테니 가게도 조용해지겠지.

그나저나 돌아가신 아버지에게 '남자라면 소중한 사람을 지킬 수 있도록 강해져야 한다!'라는 말을 듣고 가라테를 배웠던 게 방금 이런 형태로 도움이 될 줄이야. 옛날이라고는 해도 한 번 배운 실력은 어디 가지 않는다는 건 이걸 두고 하는 말인가 보다.

"오, 오쿠가와!"

등에 닿은 건 천을 사이에 두고도 알 수 있을 만큼 탐스럽게 여문 부드러운 과실의 감촉. 그리고 뇌를 녹일 만큼 달콤한 향기였다.

그 범인이 히메미야고, 그녀가 등 뒤에서 달려든 것임을 이해하기까지는 몇 초의 시간이 필요했다.

대체 무슨 일이 일어나고 있는 건지 누가 설명해 줬으면 좋겠다. 어째서 내가 히메미야에게 백허그를 당하고 있는 거지? 그녀의 몸은 왜 가늘게 떨리는 거고?

"미안해. 나 때문에…… 다친 데는 없어?"

히메미야가 가녀린 목소리로 물었지만, 나는 대답할 상황이 아니었다. 학교에서 제일가는 훈남이자 미소녀인 히메미야에게 허그를 당해 절찬 패닉 중이었기 때문이다.

"저기, 오쿠가와. 괜찮아? 내 목소리, 제대로 듣고 있어?"

그런 내 상태는 알 바 아니라는 듯이 히메미야가 귓가에 대고 질문했다.

솔직히 말하면 괜찮지 않으니까 얼른 떨어졌으면 좋겠다. 그렇게 해 주면 제대로 눈을 보고 얘기할 테니까!

"자자, 둘 다. 애정행각은 그쯤 해 둬."

점장님이 짝짝 손뼉을 치며 말을 건 덕에 히메미야는 정신을 차리고는 얼굴을 새빨갛게 붉히며 펄쩍 뛰듯이 황급히 내게서 멀어졌다.

"카나데, 괜찮아? 잠깐 팔을 붙잡힌 것 같던데 안 아파?"

"네, 괜찮아요. 오쿠가와가 바로 구하러 와 줘서 아무렇지도 않아요."

"그거 다행이네, 라고 말하고 싶긴 하지만. 카나데, 아무리 헌팅을 당해서 화가 났다고 해도, 갑자기 물을 끼얹는 건 너무 심했어. 유이토가 없었다면 어떻게 됐을지…… 반성해."

"……알았어요."

히메미야는 힘없이 고개를 끄덕인 뒤 어깨를 축 늘어뜨렸다.

이것만큼은 점장님의 말이 맞다. 꼭 제대로 반성해 줬으면 좋겠다. 애초에 왜 그런 강경책을 쓴 건지 알고 싶은데.

"그치만…… 기대하고 있던 팬케이크를 먹는 걸 방해하니까 저도 모르게 울컥해서…… 헤헷."

"……그랬구나."

멋있는 여자애가 수줍어하며 헤헷 하고 웃는 건 반칙급의 귀여움이다. 뺨이 뜨거워지는 것을 자각하며 나는 차마 똑바로 쳐다볼 수가 없어 무심코 고개를 돌렸다.

"정말…… 그래도 그 정도로 기운이 있는 걸 보면 괜찮을 것 같네. 좋았어! 그럼 무서운 일을 당한 카나데에게 특별 서비스로 새로 다시 팬케이크를 만들어 줄게! 토핑도 서비스로 해 주고."

"정말요?! 감사해요, 점장님!"

히메미야가 만세를 부르며 천진난만하게 재잘거린다. 음, 이 짧은 시간 동안 내 안에서 히메미야 카나데의 이미지가 점점 덧칠돼 간다. 이래선 왕자님이라기보다는 공주님인데.

"참, 그리고 유이토, 네 오늘 일은 끝났어. 이만 가도 돼."

"네? 어째서죠? 전 딱히 다치지도 않았고 몸 상태도 나쁘지 않은데요?"

히메미야 덕분에 아직 심장이 터질 것처럼 두근거리긴 했지만,

그걸 제외하면 나는 매우 건강했다. 오늘은 조기 퇴근은커녕 잔업도 불사할 수 있었다.

그런 내 태도에 점장님은 어째서인지 못 말리겠다는 듯이 어깨를 으쓱하더니 내 어깨에 턱 팔을 두르며 귓속말을 했다.

"너 바보야? 방금 그 2인조가 혹시라도 어딘가에 숨어서 기다리고 있으면 어쩌려고? 카나데를 그런 상황에서 혼자 돌아가게 놔둘 셈이야?"

"아니, 그 두 사람도 설마 그런 짓까지는 하지 않을 것 같은데요……."

"기억해 둬. 어른은 항상 최악의 사태를 염두에 두고 움직이지. 그러니까 유이토. 너는 일찍 퇴근해서 카나데를 집까지 바래다주도록 해. 알겠어?"

반론을 허락하지 않는 점장님에게 위압감을 느끼며 나는 무심코 고개를 끄덕였다. 용건은 그게 다인가요? 그럼 얼른 떨어져 주시죠. 안 그래도 안면 편차치가 높은 미인에 몸매도 좋은 데다 동급생들에게는 없는 어른의 색향을 한껏 자아내고 있는 점장님에게 밀착 당하는 건, 히메미야에게 당했을 때와는 또 다른 의미로 심장에 나빴다.

"후훗. 알았으면 됐어. 그럼 유이토. 넌 당장 돌아갈 준비를 하도록 해. 카나데는 자리에 앉아서 잠시 기다리고 있어. 바로 팬케이크를 가져올 테니까."

점장님은 그렇게 말한 뒤 카운터 안쪽으로 돌아갔다. 둘만 남겨지게 된 나와 히메미야 사이에 어색한 분위기가 흘렀다.

"……저기, 오쿠가와. 점장님이 시키는 대로 오늘은 일찍 퇴근하는 거지?”

“응? 어, 아쉽지만 그렇게 됐네. 뭐, 이 뒤에 히메미야를 무사히 집까지 바래다줘야 하는 중요한 임무가 있긴 하지만.”

“그, 그럼 같이 팬케이크를 먹지 않을래? 점장님한테는 내가 오쿠가와 몫까지 만들어 달라고 할 테니까. 돈도 당연히 내가 내고. 오늘 일의 답례를 하게 해 줬으면 좋겠어…….”

히메미야가 기분 탓인지는 몰라도 뺨을 붉히며 내 반응을 탐색하듯이 눈만 들어 물어본다. 심지어 그 눈동자는 희미하게 젖어 있었다. 절세의 미소녀가 이런 부탁을 하는데 거절할 수 있는 남자가 과연 이 세상에 존재할까? 아니, 없다. 있을 리가 없다.

“딱히 답례를 받을 만한 일을 한 건 아니지만, 그렇게까지 말하니 어쩔 수 없네. 순순히 호의를 받아들일게.”

“위험한 상황에서 도움을 받았으니까. 당연히 답례를 해야지. 그럼 난 자리에서 기다리고 있을 테니까 얼른 갈아입고 와. 기다리고 있을 테니까!”

“……히메미야는 의외로 강압적인 면이 있구나. 몰랐어.”

“오쿠가와, 이번 기회에 기억해 두는 게 좋아. 여자아이는 말이지, 비밀을 가지고 있을 때 아름다워지는 법이야.”

히메미야가 코끝에 검지를 대며 모 만화에 나오는 여자 캐릭터의 대사를 환하게 빤짝이는 윙크와 함께 입에 담았다.

내 바보 여동생이 했다면 단순한 개그가 됐겠지만, 그녀 같은 미소녀가 하자 아이돌들이 무색해질 만큼 파괴력이 굉장했다. 무슨 말이 하고 싶냐면 내 뺨의 온도가 급격하게 상승했다는 뜻이다.

"……알았어. 그 말 명심할게. 그럼 옷을 갈아입고 올 테니까 잠깐 기다리고 있어. 내 몫의 팬케이크까지 먼저 먹지는 않을 거지?"

무엇을 감추랴, 점장님이 만드는 팬케이크는 나도 아주 좋아한다.

"안됐지만 그건 약속하지 못할지도? 내가 다 먹어 버리는 게 싫으면 얼른 갈아입고 와."

히메미야가 입가에 불온한 미소를 짓는다. 음, 제대로 대화해 본 건 오늘이 처음이지만 히메미야가 무슨 생각을 하고 있는지 어렴풋이 이해가 되기 시작했다. 이거, 얼른 옷을 갈아입고 오지 않으면 다 먹어 치우겠는데. 가녀린 몸 어디로 흡수되는 건지는 알 수 없지만.

"후훗. 여자는 단 걸 아무리 먹어도 살이 찌지 않게 돼 있어. 특히 내 경우에는 먹은 만큼의 양분이…… 이 이상은 금칙 사항이라 말할 수 없지만."

히메미야는 그렇게 말하며 몸을 비스듬히 젖히고는 두 팔로 부자연스럽게 가슴을 가렸다. 음, 그러니까 먹으면 먹는 대로 가슴으로 간다는 뜻이구나.

"과연, 대충 알겠어. ……하지만 먹어도 살이 찌지 않는다는 발언은 이 세상의 수많은 여성들을 적으로 돌리게 될 테니까 별로 입에 담지 않는 편이 나을 거라고 생각해."

특히 내 귀여운 여동생이 들었다간 피눈물을 흘릴 게 분명했다.

＊＊＊＊＊

"그럼 유이토. 카나데를 부탁할게."

무사히 히메미야에게 답례로 받은 팬케이크를 먹은 건 다행이 었지만, 그 대신 점장님이 내내 히죽거리며 음흉한 미소를 지은 채로 내 쪽을 기웃거리는 통에 모처럼 받은 스페셜하고 베리한 맛이 느껴지지 않았다.

뭐, 그보다는 눈앞에서 내 팬케이크를 먹고 싶다는 듯이 쳐다보는 히메미야의 시선이 더 부담스럽긴 했지만.

"말씀하지 않으셔도 알고 있어요. 그보다 가게 쪽은 괜찮으시겠어요? 점장님 혼자서 대응하실 수 있겠어요?"

"그거라면 걱정하지 마. 때마침 한가한 고교 시절 후배한테 도움을 요청했으니까. 그리고 유이토가 알바로 오기 전에는 원래부터 나 혼자서 다 하고 있었어. 네가 없어도 아무 문제 없을 거야."

점장님이 자신감 넘치는 얼굴로 가슴을 편다. 뭐, 이렇게 가게 앞에서 느긋하게 대화할 수 있을 만큼 가게 안은 한산하니까 문제는 없으려나. 하지만 바빠지는 건 항상 곧 다가올 간식 타임부터다. 도우러 와 줄 사람이 어디까지 커버할 수 있으려나.

"난 신경 쓰지 마! 유이토가 생각할 건 카나데를 무사히 집으로 바래다주는 거야. 알겠지? 그 애한테 무슨 일이라도 생기면 내가 용서치 않을 테니까!"

"……알았어요. 그런데 점장님은 어째서 그렇게까지 히메미야를 편드시는 거예요? 과보호 캐릭터로 전직하시려고요?"

"놀리지 마. 그 애는 예전의 나를 보는 것 같아서 그만 응원하고 싶어져. 그게 다야."

고교 시절. 모두에게 왕자님이라고 불렸던 점장님이라서 더더욱 히메미야가 신경이 쓰이는 걸까.

그러고 보니 히메미야, 문고본을 읽으면서 '내 앞에도 나타나지 않으려나……, 왕자님.'이라고 중얼거렸지.

참고로 이 자리에 히메미야는 없다. 계산을 마치고—계산한 건 히메미야가 맨 처음 주문한 것뿐이고 그 외는 점장님이 서비스로 줬다—난 뒤 화장실에 갔다. 그렇지 않았다면 이런 대화는 나눌 수 없었으리라.

"기다렸지, 오쿠가와."

딸랑거리는 메마른 방울 소리와 함께 히메미야가 가게 밖으로 나왔다. 어라, 아까 봤을 때보다 귀여움이라고 할까 미모도가 올라간 것 같은데?

"후훗. 그럼 둘 다 조심해서 돌아가. 카나데, 혹시 무슨 일이라도 생기면 사양하지 말고 유이토한테 보호받도록 해. 알겠지?"

"정말, 점장님은 과보호가 지나치세요. 그래도…… 그렇네요. 혹시라도 문제가 생기면 전력으로 오쿠가와한테 응석을 부릴게요!"

"잠깐만 기다려. 응석을 부리는 건 이상하지 않아?"

거기선 보통 '보호받는다'고 말해야 하지 않나? 히메미야가 응석을 부린다면 강철 같은 이성을 지닌 나라도 버틸 수 있을지 모르겠다. 이미 한 번 저 유혹적인 과실의 감촉을 맛봐 버렸으니 더더욱 그렇다.

"유이토……카나데가 아무리 귀여워도 음흉한 늑대는 되지 않게 조심해, 알겠지? 절대로 덮치거나 하면 안 돼!"

"그런 짓은 안 해요! 절 뭐로 보시는 거예요?!"

조금 전의 대학생도 아니고 말이다. 동급생을 뒷골목으로 데려가거나 집으로 기어들어가 덮치는 짓은 하지 않는다.

"윽, 그렇게 단호하게 말하니 그건 그것대로 슬픈데. 오쿠가와, 혹시 나한테 매력이 없어?"

불만스레 입술을 삐죽이는 히메미야의 공격에 나는 당황했다. 어떻게 대답하라는 거야. 여기서 매력이 있다고 말했다간 점장님에게 업신여기는 시선을 받게 될 테고, 그렇다고 해서 없다고 답했다간 히메미야가 토라질지도 모른다. 이게 바로 사면초가인가.

"후훗, 오쿠가와는 표정이 휙휙 바뀌네. 놀리는 보람이 있어서 재밌어."

"카나데도 그렇게 생각해? 언뜻 보기엔 쿨한 철가면 같지만 사실 유이토는 너랑 마찬가지로 표정이 다양해. 가는 길에 실컷 대화를 나누도록 해. 분명 재밌을 거야."

나는 두 여성이 사악한 미소를 지으며 대화를 나누는 것을 속으로 머리를 싸매며 듣고 있었다.

설마 두 사람이 이렇게까지 의기투합할 줄은 상상도 해 보지 못했다. 유유상종이다 이건가. 피해를 받는 쪽으로서는 좀 봐 달라는 말밖에는 할 말이 없지만.

"그럼 오쿠가와. 슬슬 돌아갈까. 나를 제대로 지켜 줘야 해?"

"말씀하지 않으셔도 제대로 확실히 지킬 겁니다, 공주님."

어깨를 으쓱하며 나는 자포자기한 어조로 말했다. 이미 내 안에서 히메미야의 이미지는 완전히 멋진 왕자님 같은 미소녀에서, 사람을 놀리는 걸 좋아하는 소악마 같은 공주님으로 바뀌어 있었다.

"내가 고, 공주님?! 갑자기 무슨 소리를 하는 거야?! 정말이지,

오쿠가와는 타고난 플러팅 장인이네. 가벼운 마음으로 여자애를 공주님 취급하다간 오해를 살걸?"

빠른 속도로 말을 쏘아붙인다. 이상하다. 히메미야가 어째서 새빨개진 얼굴로 토라져 있는 거지?

"내가 플러팅 장인이라고? 태어나서 지금까지 연인이라곤 한 명도 만들어 본 적이 없는 내가? 웃을 수 없는 농담은 삼가 줘."

"뭐? 오쿠가와, 여친을 사귄 적이 없어? 그럼 지금도 솔로겠네?"

"그래. 나는 히메미야랑은 다르게 나이가 솔로로 살아온 햇수거든. 처량해지니까 내 입으로 말하게 만들지 말아 줘, 젠장."

"그건 오해야. 나도 오쿠가와랑 마찬가지로 나이가 솔로로 살아온 햇수니까."

아무 일도 아니라는 듯이 말했지만 이건 충격적인 사실이었다. 재색을 겸비한 히메미야가 나랑 같은 부류였다니 믿을 수가 없다.

"자자. 얘깃거리가 끊이지 않는 건 정말 좋은 일이지만, 이다음은 가게 앞이 아니라 집으로 돌아가는 길에 하도록 해. 이 나이 먹도록 독신인 내 앞에서 연애 행각은 금지입니다."

짝짝 손뼉을 치며 점장님이 귀가를 재촉하기 시작했다. 당신이 독신인 건 학창 시절의 첫사랑에 대한 미련을 20년이나 넘게 질질 끌고 있기 때문일 텐데요, 라는 말을 입에 담았다간 아마 나에게 내일은 없을 것이었기에 마음속에만 담아두기로 했다.

"확실히 여기서 계속 대화를 나누다간 영업 방해가 돼 버리겠다. 오쿠가와, 우리 이제 슬슬 가 볼까?"

"그러게—잠깐, 손은 왜 잡는 거야?! 그리고 위험하니까 잡아당기지 말라고!"

“둘 다, 조심히 돌아가는 거야!”

새로운 장난감을 발견해서 즐기는 듯한 점장님의 배웅을 받으며, 나와 히메미야는 카페 ‘마블’을 뒤로했다.

히메미야의 집까지는 가게에서 걸어서 30분 정도 걸린다고 한다. 걸어가기에는 조금 거리가 있어서 힘들지 않냐고 물어봤더니,

“맛있는 팬케이크를 먹을 거잖아? 그러니까 그 전에 배를 꺼뜨리기 위해서라도 걷는 편이 좋지.”

당연한 질문을 왜 하느냐고 말하는 듯한 표정을 지었다.

“내 얘기는 그만하고. 오쿠가와는 언제부터 그 가게에서 알바를 하고 있는 거야? 점장님의 신뢰도 두터운 것 같던데, 설마 오래됐어?”

“처음 일을 시작한 건 작년 여름방학부터야. 초반에는 거기서 끝낼 생각이었는데, 점장님도 좋은 사람이고 가게 분위기도 좋아서 정신을 차려 보니 계속하고 있더라고.”

혹시나 싶어 말해 두지만 딱히 젊고 독신에 미인인 점장님이 혼자 운영하고 있는 카페라서 일하는 건 아니거든? 애초에 점장님은 나를 고용하는 걸 처음엔 반대했을 정도니까 말이지. 고등학교 시절 친구의 부탁과 내 의지를 봐서 마지못해 승낙해 준 것이다.

“흐응……, 나는 그것도 모르고 오쿠가와의 여자 취향이 점장님 같은 사람이라서 계속 일하고 있는 줄 알았는데, 그런 건 아니었구나.”

“히메미야는 나를 뭐로 보는 거야? 설마 아직도 플러팅 장인이라는 추측을 밀고 있는 건 아니겠지?”

“글쎄, 그건 어떨까? 그래도 솔직히 저렇게 미인인 점장님이 결

혼은커녕 연인도 없다는 건 믿을 수 없는 얘기긴 해."

그 점에 관해서는 크게 동의하고 싶은 마음이지만, 이것만큼은 점장님이 고교 시절에 처음으로 사랑했던 남성을 아직도 마음에 두고 있으니 어쩔 수 없는 일이라고 생각한다.

"오쿠가와한테는 그런 사람 없어? 연인은 없어도 첫사랑 정도는 경험해 봤겠지?"

"공교롭게도 내 첫사랑은 이제는 얼굴도 이름도 기억나지 않는 유치원 선생님이고, 벌써 몇 년이나 사랑 같은 건 해 보지 않았어. 그러는 히메미야는 어떤데?"

"그, 그렇구나. 내 경우에는 애초에 첫사랑조차 아직이라서 뭐라고 할 말이 없지만, 적어도 괴로운 것이라는 건 알았어. 그래서 더 어떻게든 이뤄지게 만들어야 한다는 것도 말이지."

히메미야가 꾹 주먹을 쥐며 진지한 얼굴로 말한다. 그 표정에서는 이제부터 사지로 향하는 전사의 기백 같은 것이 느껴졌다.

"그나저나 다른 얘기긴 한데. 오쿠가와는 이 뒤에 뭔가 약속이 있어?"

"맥락이 없어서 놀랍긴 하지만…… 별로, 딱히 할 일은 없어. 애초에 아직 알바를 하고 있을 시간이니까. 그게 왜?"

"그럼 우리 집에 잠시 들렀다 가지 않을래? 그렇지! 도와준 답례의 연장으로 저녁을 대접해 줄게!"

"…………뭐?"

내가 생각해도 한심한 반응이기는 하지만 이건 불가항력이었다. 점장님이 그렇게 '늑대가 되지 말라'고 신신당부했는데, 히메미야 본인이 집에 들렀다 가지 않겠냐고 제안해 온 것이다. 심지어 저녁을 대접하겠다는 얘기까지 들었으니 얼빠진 표정을 짓는 것도 당연했다.

"다, 답례라면 아까 팬케이크로 받았잖아. 그걸로 충분해."

"그 팬케이크는 점장님이 서비스해 준 거잖아? 그러니까 내가 오쿠가와한테 한 답례는 실질적으로 아직 없다고 보는 게 맞지 않을까?"

"아니, 딱히 그렇게 보이지는 않는데……."

"그런데도 이렇게 집까지 바래다주고 있는 거니까, 더더욱 답례를 해야겠지? 그러니까 오쿠가와, 이 뒤에 집에 들렀다 가면 안 될까? 부탁해."

내 팔에 꼭 매달리며 거절을 허락하지 않는 압력을 내뿜고 있는 히메가와의 기세에 압도당해, 나는 저도 모르게 고개를 끄덕이고 말았다.

결코 히메미야와 좀 더 함께 있을 수 있으면 좋겠다고 생각해서 그런 건 아니다.

"고분고분해서 좋네. 그럼 오쿠가와가 좋아하는 음식을 말해 줄래?"

"좋아, 맥락 없이 화제를 엉뚱한 방향으로 돌리는 건 이제 슬슬 그만두지 않을래? 어째서 내가 좋아하는 음식을 묻는 거야? 참고로 햄버그를 제일 좋아합니다."

"툴툴거리면서도 제대로 대답해 주다니…… 오쿠가와는 혹시 츤데레야? 후훗, 고분고분하지만은 않은 것도 귀엽네. 꼭 고양이 같아."

히메미야는 입가를 손으로 누르며 우아하게 미소 지었다. 그 모습은 명화에 그려져 있는 귀부인처럼 아름다웠다. 그녀와 함께 있으면 심장이 몇 개가 있어도 부족하다.

"참고로 어째서 오쿠가와가 좋아하는 음식을 물어봤냐면 말이지, 그건 이제부터 슈퍼에 들러서 저녁 장을 볼 거라서야."

"의도는?"

"정성이 담긴 내 수제 요리를, 대접해 줄·게."

히메미야가 당당한 얼굴로 가슴을 펴며 말했다. 그 순간 그녀의 탐스럽게 익은 과실이 출렁이며 흔들리는 것이 보이는 바람에, 나는 무심코 고개를 돌렸다.

제2장 히메미야 씨 집의 저녁밥

직접 만든 요리를 대접하겠다는 말은 농담인 줄 알았는데 히메미야는 진심이었는지 우왕좌왕하는 사이에 슈퍼에서 햄버그 등에 들어갈 재료를 샀고, 정신이 들자 나는 히메미야 집 거실의 소파에 앉아 있었다.

중요한 히메미야의 자택에 대해 설명해 보자면.

한마디로 말해서 격이 달랐다. 우리 집도 그럭저럭 넓은 맨션이지만, 그녀의 집과 비교하면 하늘과 땅만큼의 차이가 있다. 초고층 맨션에 거실과 다이닝 룸과 주방을 포함해 방이 다섯 개라는 놀라운 구조. 인테리어 하나만 봐도 질이 아주 높다는 걸 알 수 있다. 순수한 서민인 나에게는 문턱이 너무 높아서 저도 모르게 몸을 뒤로 돌려 돌아가고 싶어졌다.

"―그렇게 돼서, 오늘은 친구랑 저녁을 먹고 갈 거니까 어머니한테 대신 전달해 줄래?"

히메미야가 콧노래를 부르며 요리하는 사이, 나는 집에 있는 여동생에게 저녁 식사는 준비할 필요 없다는 사실을 전화로 전달하고 있었다. 물론 그 상대가 여성―히메미야―이라는 것이나 집에 초대받았다는 얘기는 비밀에 부쳤지만 말이다.

참고로 히메미야에게 저녁 식사 만드는 걸 도와주겠다고 제안

했더니, '그랬다간 영원히 답례가 끝나지 않을 것'이라는 이유로 정중히 거절당했다.

—알았어. 엄마한테 말해 둘게. 그래도 너무 늦게 돌아오지는 마, 알겠지? 시엘의 생방송이 시작되기 전까지 돌아오지 않으면 용서치 않을 테니까!

내 귀여운 여동생이 사랑해 마지않는 버추얼 아이돌, 유키우에 시엘의 생방송이 오늘도 있나 보다. 심지어 또 같이 보자고?

"정말……, 내가 없어도 혼자서 보면 되잖아. 거실 TV에도 네트워크 연결이 돼 있으니까 큰 화면으로 보는 편이 분명 훨씬 재밌을걸?"

—아니거든! 유이 오빠랑 같이 봐서 재밌는 거라고! 혼자서는 봐 봤자 신이 안 난단 말이야! 그러니까 얼른 돌아와!

그렇게 힘차게 말하며 여동생은 전화를 끊었다. 이것 참, 히메미야한테는 미안하지만 얼른 귀환하지 않으면 귀찮은 일이 생길 것 같다.

"여동생이랑 사이가 아주 좋네, 오쿠가와."

히메미야가 어쩐지 토라진 기색으로 입술을 삐죽거린다. 저녁 준비는 벌써 마친 걸까. 그렇다면 손재주가 꽤나 좋은 모양이다. 그런 생각을 하고 있는데 그녀가 아주 당연하다는 듯이 내 옆에 앉았다. 탐스러운 두 개의 과실이 팔에 닿을 것만 같이 가까운 밀착도. 희미하게 감도는 감귤의 상쾌한 내음이 코를 간지럽힌다.

"그, 그런가? 그냥 평범한 것 같은데."

나는 필사적으로 동요를 숨기며 대꾸했다. 사이가 좋으냐 나쁘냐로 따지면 전자인 건 분명하다. 어쨌든 같이 버튜버의 생방송을 시청할 정도이니 말이다. 하지만 처음부터 그랬던 건 아니다. 여하튼 나와 여동생은 피가 이어져 있지 않은 의붓남매인 것이다.

"정말이야? 꼭 사랑하는 남편의 귀가를 갸륵하게 기다리는 새신부 같은 말투던데? 그렇게 치면 나는 바람 상대인 셈인가? 그렇게 생각하면 오쿠가와는 지독한 사람이네. 아주 조금 환멸을 느꼈을지도."

"오늘 하루로 내 안에서 히메미야의 주가는 급격히 폭락해서 절찬리에 하한가를 찍고 있거든……."

고혹적인 미소와 함께 터무니없는 소리를 선뜻 입에 담는 히메미야에게 어처구니가 없어진 나는 성대하게 한숨을 내쉬었다.

"어라, 그럼 그전까지의 나는 오쿠가와 안에서 평가가 어땠던 거야? 저, 신경 쓰여요!"

어딘가의 고전부 여주인공의 명대사를 말하는 건 상관없지만, 먹잇감을 발견한 육식동물도 아니니 혀를 날름거리며 입맛을 다시는 건 관둬 줬으면 좋겠다. 심장이 철렁거리니까.

"평가고 자시고…… 학교에서 보는 히메미야는 귀엽고 예쁘고 멋진 사람이라고 생각했어. 설마 그게 내숭을 부리던 가짜 모습이었을 줄은 몰랐지……."

"그럼 내숭을 벗은 내 본모습을 알고…… 오쿠가와는 환멸을 느꼈어?"

히메미야가 바로 불안한 듯한 표정을 지으며 물어본다. 정말로 표정이 획획 바뀌는구나. 반이 달라서 학교에서는 접할 기회가 거의 없지만, 그래도 목격할 때는 대체로 의연하고 차분한 표정을 짓고 있거나 온화한 미소를 짓고 있었기에 지금처럼 자신 없는 듯한 모습은 본 적이 없었다.

"설마, 그 반대야. 그전에는 몰랐던 히메미야의 일면을 알 수 있어서, 솔직히 엄청 흥분됐어."

"그, 그랬구나. 그렇다면 다행이고. 그럼 좀 더 오쿠가와를 두근거리게 만들 수 있도록 분발해야겠네!"

이 이상 분발하지 말아 주세요, 부탁드립니다. 안 그래도 학교 제일은커녕 전국 제일의 미소녀 여고생이라고 말해도 과언이 아닐 히메미야의 집에 있는 것이다.

심지어 부모님이 부재중이라는 최상급의 옵션까지 딸려 있다. 거기에 한 수가 더 더해진다면 내 이성은 남아나지 않을 것이었다.

"정말, 더 이상은 참아 줘. 애초에 부모님이 돌아오시면 뭐라고 변명할 셈이야? 동급생이라지만 사귀지도 않는 남자를 집으로 초대한 게 알려지면 혼이 나지 않겠어?"

"아, 그건 문제없어. 엄마는 일 때문에 집에 늦게 들어오니까. 오쿠가와가 자고 가겠다면 얘기는 달라지겠지만."

엄마는, 이라는 말에서 위화감을 느꼈지만 그건 무시했다.

"자고 갈 리가 없잖아?! 웃지 못할 농담은 하지 말아 줘."

"난 의외로 진심으로 한 얘긴데 말이지……. 뭐, 그건 그렇다 치고, 오쿠가와한테는 슬픈 소식일지도 모르지만 이제 조금만 더 있으면 단둘이 아니게 될 거야."

"그건 확실히 조금 아쉽……다는 건 농담이고. 누가 돌아오는 거면 느긋하게 밥을 먹고 있을 상황이 아니지 않아?"

"그러니까 문제없다고. 돌아오는 건 내 귀여운 남동생이거든.

그리고 오늘은 친구네 집에 놀러 갔으니까 돌아오려면 아직 시간이 남았고, 그전까지는 느긋하게 시간을 보낼 수 있어.”

히메미야는 그렇게 말하며 불쑥 얼굴을 들이댔다. 기다란 속눈썹에 단정한 콧날, 도톰하고 부드러워 보이는 연분홍색 입술이 눈앞으로 다가와 나는 저도 모르게 뒷걸음질 쳤다.

“가, 갑자기 왜 그래, 히메미야? 그보다 거리감이 좀 이상하지 않아?”

“그런가? 이 정도가 내 통상적인 거리감인데?”

그렇게 말하는 히메미야의 얼굴은 새빨갛고 눈동자는 물기로 촉촉해져 있다. 그런 응석받이 치와와 같은 상태로 말해 봤자 설득력이 없는 걸 넘어서 파괴력이 더 세질 뿐이거든?! 말과 얼굴을 일치시켜 줬으면 좋겠다.

“이런 말을, 누군가에게 하는 건 처음인데…… 사실 나는 말이지, 훨씬 전부터 공주님을 동경하고 있었어.”

“……네?”

그러고 보니 카페에서 소설을 읽으면서 그런 말을 중얼거리고 있었지. 하지만 그건 책을 읽고서 저도 모르게 입 밖으로 꺼낸 감상 아니었어?!

“이유는 모르겠지만, 나는 친구들 사이에서 ‘남자보다 남자다운 훈남’으로 불리고 있거든. 그것도 하루 이틀에 시작된 일이 아니라 중학생 때부터. 너무하다고 생각하지 않아?”

너무하고 자시고 사실 아닌가? 고등학생이라고는 믿기 힘든 성숙하고 아름다운 얼굴에 평소 행동거지부터 차분하고 몸짓 하나하나가 늠름하니까 말이지, 히메미야는.

“어째서 내가 백마를 타지 않으면 안 되는 거야?! 나도 백마 탄 왕자님에게 마중을 받고 싶다고!”

“저기…… 히메미야?”

히메미야가 당장이라도 발을 동동 구를 기세로 뺨을 부풀리며 화낸다. 응, 그런 일면을 좀 더 다른 사람들에게 보여 준다면 순식간에 공주님이 될 수 있을 거라 생각해. 뭐, 그런 짓을 했다간 그날 전교생이 반전 매력에 기절할지도 모르지만.

“하지만, 그런 내 앞에도 마침내 백마 탄 왕자님이 나타났어. 그게 누군지…… 오쿠가와는 당연히 알겠지?”

히메미야의 뱅어처럼 하얗고 가느다란 손가락이 내 뺨에 닿는다. 손가락은 천천히 덧그리듯이 뺨에서 입가, 목으로 내려가더니 이윽고 빠르게 뛰고 있는 심장에 도달했다.

우리들 사이에 있었던 거리는 어느새 거의 사라져서, 히메미야가 나에게 올라탄 것에 가까운 자세를 취하고 있었다.

“어…… 그거라면 혹시…… 점장님이야?”

“맞아, 점장님은 여자라고는 생각할 수 없을 만큼 멋있어서 실로 이상적인 왕자님! 이라니 그럴 리가 없잖아! 정말, 장난치지 마!”

난처한 나머지 부끄러움을 감추려 입에 담은 내 엉뚱한 대답에 히메미야가 태클을 건다. 콜록 하고 한 차례 헛기침을 한 뒤 진지한 얼굴을 하고는,

“카페에서 구해준 그때의 오쿠가와는 나에게는 틀림없는 왕자님이었어. 아니, 그뿐만이 아냐. 집으로 돌아올 때도 너는 줄곧 나를 지켜 줬어…….”

내 가슴에 손을 대며 히메미야가 하는 말에 내 심장이 두근거렸다. 긴장으로 입 안이 이상하게 마르는 것을 자각하며 나는 필사적으로 말을 골랐다.

"따, 딱히 그건 점장님이 시켜서 할 수 없이 구하러 간 것뿐이야. 게다가 히메미야가 아니라도 같은 행동을 했을 테니까, 히메미야가 특별한 게……."

"으윽…… 오히려 그 발언이 내 속에서 오쿠가와의 호감도를 올리기만 하고 있는데, 알고서 그러는 거야?"

"아니, 왜 그렇게 되는 건데?"

"그 사고방식은 왕자님이라기보다는 히어로의 사고방식이네. 음, 큰일이야. 그냥 방치했다가는 오쿠가와의 숨겨진 매력을 깨닫는 여자애가 나올지도…… 그렇게 되기 전에 마킹을 해 두는 게 낫겠지?"

히메미야가 그렇게 말하며 얼굴을 더 가까이한다. 내가 아주 살짝만 움직여도 연분홍빛 입술에 바로 닿을 듯한 거리. 뭘 하는 거냐고 입을 열기도 전에 히메미야는 입술을 오므리더니 눈꺼풀을 감으며―.

"그쯤 해 둬, 히메미야. 이 이상은 정말로 안 돼."

나는 이성을 총동원해 히메미야의 어깨를 잡은 뒤 밀어내고는 마음을 다잡고 눈을 보며 말했다.

히메미야와 키스할 수 있는 기회는 이제 다시는 없을지도 모르지만, 그래도 지금은 거절해야 한다고 생각한 건 그녀의 마음이 가짜이기 때문이다.

"지금 히메미야는 상황에 취해 있는 것뿐이야. 무서운 일을 당해서 도움을 받고는 흔들다리 효과로 이상해진 거지."

"나는 딱히 취하지……!"

"……그렇다면 어째서, 몸을 떨고 있는 건데?"

내가 어깨를 잡기 전부터 히메미야의 몸은 가늘게 떨리고 있었다. 키스 때문에 긴장한 게 아니다. 이건 도착적인 마음에 불안함과 공포심이 뒤섞인 말로 설명할 수 없는 감정에 몸이 반응한 결과에 지나지 않는다.

"히메미야가 왕자님을 동경하는 마음은 알겠어. 나도 어쩌면 멋진 공주님이 나타날 수도 있다고 상상해 본 적이 있으니까. 그게 히메미야라면 얼마나 좋을까 하는 상상도 말이지. 하지만 그렇다고 해서 충동에 몸을 맡겨도 되는 건 아냐."

"오쿠가와……."

"이대로 키스했다간 우린 분명 나중에 후회하겠지. 그런 건 좀 더 서로를 알고 난 뒤에 하는 거잖아? 우린 같은 고등학교를 다니는 동급생이지만, 제대로 대화해 본 건 이번이 처음이지. 첫 대면이나 마찬가지라고. 그런 사람과 키스라는 마음을 나누는 소중한 행위는 하는 게 아니야."

히메미야의 일시적인 변덕에 좋다고 키스할 만큼 나는 약삭빠른 인간이 아니고, 경박한 남자가 되고 싶지 않았다. 이런 행위를 하는 건 동경이라는 감정을 넘어서 서로를 진심으로 좋아하게 됐을 때다.

"그러니까 히메미야, 방금 일은 잊어버리고 일단 진정하자, 알겠지? 식사라도 하면서 대화를 나누자고. 그러면 틀림없이—."

"……알았어."

몇 초 간의 침묵 끝에 히메미야는 가냘픈 목소리로 말하더니 소파에서 몸을 일으켰다.

"태어나서 처음으로 추파를 당하고 억지로 팔을 붙들려 무서운 상황에서 도움을 받는 바람에 내가 생각해도 이상하게 흥분한 것 같긴 해. 이게 소위 말하는 흔들다리 효과라는 걸까?"

"……자각해 주니 다행이네."

"하지만 그렇다고 해서 이대로 오쿠가와를 돌려보낼 생각은 없거든? 기껏 오쿠가와가 좋아하는 햄버그도 만들었으니까. 설마 먹지도 않고 돌아가겠다는 심한 말을 하지는 않겠지?"

"그건…… 기쁘게 먹겠습니다."

여동생에게 저녁은 필요 없다고 말해 버린 이상 끼니를 챙기기 위해 다소의 어색함은 감수할 수밖에 없었고, 재료를 손질할 때부터 부엌에서 맛있어질 것 같은 분위기가 감돌고 있었기에 배 속의 벌레들이 언제 대합창을 시작할지 알 수 없었다.

"그럼 조금 이르지만 저녁 식사를 해 볼까? 햄버그, 구워 올 테니까 거기서 잠깐만 기다리고 있어."

"고마워, 히메미야."

어쩐지 경쾌한 발걸음으로 부엌으로 향하는 히메미야의 등을 배웅하며 나는 소파에 깊숙이 몸을 기댔다. 손님으로서 바람직하지 않은 태도라는 건 알지만, 방금 대화를 주고받으면서 심상치 않을 만큼 정신적인 피로감을 느꼈기에 양해해 줬으면 좋겠다.

이런 피로감을 느낀 건 난데없이 어머니에게 여동생이 생겼다는 얘기를 들었을 때 이후로 처음이었다.

"맛있어져라 ♪ 맛있어져라 ♪"

히메미야는 그런 내 심정도 모르고 만면에 미소를 지은 채 지글지글 고소한 냄새를 풍기며 귀여운 주문을 외면서 햄버그를 굽고 있었다. 나는 그 모습을 곁눈질로 힐끔거리고는 후회했다.

"……반칙이야. 너무 귀엽잖아, 저거."

두 손으로 얼굴을 덮고서 천장을 올려다보며 저도 모르게 투덜거릴 만큼 히메미야는 문자 그대로 공주님처럼 귀엽고 너무나도 사랑스러웠다.

＊＊＊＊＊

"오늘은 고마웠어, 히메미야. 저녁 식사까지 차려줘서……."

"아냐. 감사 인사를 해야 할 건 내 쪽인걸. 오늘은 고마웠어. 정말로…… 여러 가지로 고마워."

히메미야가 직접 만든 햄버그는 여태껏 먹었던 어떤 햄버그보다 맛있었다.

여고생이 만들 수 있는 수준의 맛이 아니었다. 지금 당장이라도 가게를 차릴 수 있을 수준이다. 그렇게 솔직한 감상을 전하자 히메미야는 기쁜 듯이 웃었다.

그 모습이 또 필설로는 다 형용하기 어려울 만큼 사랑스러웠다.

시각은 현재 오후 7시 반을 살짝 넘어가고 있었지만 나는 돌아갈 채비를 마치고 현관에 서 있었다.

저녁 식사를 하고 귀가하기에는 조금 이른 시간일 수도 있지만, 우리가 아직 고등학생이라는 걸 고려하면 오히려 늦은 편이리라.

"그보다 남동생은 괜찮아? 아직 돌아오지 않은 것 같은데……."

"아, 그거라면 걱정하지 마. 오쿠가와가 소파에서 쉬고 있을 때 '지금 남자 친구를 집으로 데려왔으니까 밥은 친구 집에서 먹고 오라'고 메시지를 보내 뒀거든. 그래서 좀 더 있어야 집으로 돌아올 거야."

"저녁 식사 전에 한 말을 잊어버렸어?!"

"어쩔 수 없었어. 그 메시지를 보낸 건 오쿠가와의 열띤 생각을 듣기 전이었단 말야."

입술을 삐죽이며 '말야'라고 말하는 건 비겁하다고, 히메미야. 너무 귀여워서 용서해 버리고 싶어지잖아.

"후훗, 농담이야. 사실은 동생이 먼저 친구네 집에서 식사하고 오겠다는 연락을 보냈어. 그대로 자고 갈 거라는 보고와 함께 말이지."

"……심장에 안 좋은 농담은 하지 말아 줘."

"……바깥부터 조금씩 방해물을 치워 나가는 작전을 쓰기엔 아직 조금 멀었으려나."

"응? 뭐라고 말했어?"

"아니, 아무것도. 좀 더 느긋하게 지내는 것도 괜찮을 것 같다고 말했을 뿐이야."

히메미야가 뭔가 불길한 말을 중얼거린 것 같았는데, 내 기분 탓이었던 모양이다.

어째 아쉬워 보이는 얼굴인 것도 기분 탓이려나?

"할 수만 있다면 나도 식후의 여운에 젖어 있고 싶지만, 여기서 더 늦게 돌아갔다간 여동생이 분노해서 일이 커질 거야……."

실제로도 아까 전부터 몇 분 간격으로 스마트폰에 메시지가 오고 있었다. 심지어 그 간격도 서서히 짧아지고 있어서 솔직히 무서웠다. 나중에 여동생이 스토커가 되지는 않을지 걱정이다.

"……그런 거면 어쩔 수 없네. 가족은 소중하니까. 여동생과 재밌게 시엘의 생방송을 즐기도록 해. 나는 혼자서 보겠지만. 혼자서 보겠지만!"

히메미야가 중요한 일이라 두 번 말해 봤다고 하는 것처럼 혼자라는 걸 강조한다.

"아니, 나는 딱히 그렇게까지 버튜버를 좋아하는 건 아니거든? 동생이 꼭 같이 봐야 한다고 말해서 보고 있는 것뿐이라고?"

"그럼 나하고도 같이 봐 줘도 되지 않아? 아니, 봐야 해. 그러니까, 자."

히메미야가 뺨을 새빨갛게 붉히며 오른손 새끼손가락을 내밀었다. 이건 그건가? 같이 보자는 약속을 하자는 건가? 하하하, 말도 안 돼.

"오쿠가와, 안됐지만 나는 지극히 진심이거든? 그러니까 얼른 새끼손가락을 내밀어! 언젠가 내 방에서 같이 시엘의 생방송을 보기로 약속해 줘!"

떼를 쓰는 아이처럼 발을 동동 구르는 히메미야는 솔직히 말해서 귀여웠기에 자꾸 쳐다보고 싶어졌지만, 계속 멍하니 있다간 진짜로 화를 낼 것 같아서 나는 마지못해 새끼손가락을 내밀었다.

"새끼손가락 걸고 약속♪ 거싯말하면 바늘 천 개 먹기♪ 약속이다♪ 에헤헤. 약속, 잊으면 안 돼, 알겠지?"

터무니없는 약속을 한 것 같은 기분이 들지만, 활짝 핀 벚꽃처럼 사랑스러운 미소를 짓는 히메미야를 보고 있자니 아무래도 상관없어졌다.

"그럼 오쿠가와. 내 입으로 말하긴 뭐하지만 조심해서 돌아가. 다음에 만나는 건 새 학기 때려나?"

"이제 곧 봄방학도 끝이니까 그렇게 되겠지."

"마음 같아선 내일에라도 오쿠가와랑 같이 시엘의 생방송을 보고 싶지만…… 그건 꾹 참을게."

"부디 전력으로 참아 줘."

"후훗, 선처할게. 참, 돌아가기 전에 중요한 걸 잊고 있었어! 오쿠가와, 연락처를 교환하지 않을래? 그게, 시엘의 생방송에 대한 감상을 나누려면 필요할 것 같아서! 괜찮지?"

히메미야가 살짝 고개를 기울인 채 양손을 맞대며 부탁한다. 연락처 교환이라면 거절할 이유는 없었다. 그 목적이라는 것이 섹시함이라곤 약에 쓸려도 없다는 게 유감이긴 하지만.

"고마워, 오쿠가와. 이걸로 언제든지 딱히 용건이 없어도 전화할 수 있겠네."

"부탁이니까 의미도 없이 전화를 걸지 말아 줘……."

하지만 그런 나의 절실한 요청은 희색이 만면한 히메미야에게는 닿지 않은 기색이었다. 응, 깊이 생각하는 건 그만두자.

"그럼 히메미야. 학교에서 보자."

"응, 다음엔 학교에서. 같은 반이 되기를 기도하고 있을게, 유이토. 너무 진지한가? 헤헷♪"

이제는 공주님으로만 보이는 아마노다테 고등학교의 왕자님은 마지막까지 사람을 두근거리게 만드는 데 천재였다.

*****

곧 4월이 된다고는 해도 밤이 되자 날씨는 역시 싸늘했다. 집으로 돌아가면 따뜻한 욕조에 몸을 담가야겠다.

그나저나 오늘 있었던 일은 16년이라는 그간의 짧은 인생 속에서도 다섯 손가락 안에 들어갈 만큼 농밀했다.

덕분에 녹초가 됐다. 솔직한 심정을 말하자면 지금 당장이라도 침대에 누워 꿈나라로 떠나고 싶지만, 그건 분명 허락되지 않으리라.

"다녀왔어……."

"어서 와, 유이 오빠! 전혀 돌아올 기미가 없어서 걱정했어!"

귀가하기 무섭게 여동생이 거실에서 힘차게 튀어나와 나를 맞이했다. 불쾌한 기색으로 뺨을 부풀리기는 했지만, 실은 기뻐하고 있다는 걸 통통 튀듯이 흔들리는 포니테일이 가르쳐 주고 있다. 꼭 강아지 꼬리 같다.

그녀의 이름은 오쿠가와 마츠리. 나이는 15세. 어머니가 재혼하면서 생긴 의붓동생으로, 오빠인 내가 봐도 무척 귀여운 여자애다.

히메미야와 달리 요염함이나 색향과는 아직 인연이 없지만 — 특히 흉부 장갑적인 의미로— 명랑 쾌활하고 항상 활기가 넘치고 해맑아서 같이 있으면 즐겁고 기운을 얻을 수 있다. 그만큼 피로도 쌓이긴 하지만.

마츠리는 다음 달부터 나와 같은 아마노다테 고등학교에 입학할 예정이라 내 후배가 된다.

굳이 같은 고등학교를 택할 필요가 있었냐는 생각은 지금도 하고 있다. 집에서도 학교에서도 늘 함께인 건 피곤하지 않나?

"약속대로 생방송 전에 돌아왔으니 됐지? 그리고 슬슬 이 생활에서 해방시켜 주지 않을래?"

"그게 어때서! 어차피 유이 오빠는 방에 있어도 혼자서 너○브로 동영상을 보거나 아○프라로 애니를 보거나 공부밖에 안 하잖아! 그럴 바엔 귀여운 여동생이랑 같이 시엘의 생방송을 보는 편이 재밌을 게 분명해!"

마츠리가 내 어깨를 붙들고 흔들기 시작한다. 그보다 너○브나 아○프라라고 정식 명칭을 함부로 생략하지 말라고. 그리고 자기 입으로 자기를 귀엽다고 말하지 마. 사람들이 자의식 과잉이라고 싫어할 수도 있으니까.

"앗, 그 부분은 유이 오빠랑 달리 학교에서는 잘 행동하고 있으니까 괜찮아! 그리고 지금은 그런 얘긴 아무래도 상관없어! 같이 볼 거야?! 안 볼 거야?! 혹시라도 안 본다고 말하면……."

"안 본다고 말하면 어떻게 되는데?"

"유이 오빠가 책장에 숨겨둔 아~ 주 소중한 비장의 컬렉션을 엄마한테 폭로할 거야."

"……있잖아, 마츠리. 방금 뭐라고 말했어? 내 뭘 어떻게 한다고?"

"못 들었어? 그럼 한 번 더 말해 줄게. 유이 오빠가 작년 연말에 갔던 코○케에서 대량으로 구매한 야한 전리품들을 엄마한테 갖다 바칠 거라고 말했어."

별이 반짝 튀어나올 것처럼 사랑스러운 윙크를 하는 마츠리. 내 눈앞은 수중의 포○몬을 모두 잃고 승부에 진 트레이너처럼 새하

애졌다.

"어, 어, 어떻게 내가 코○케에서 그런 책을 샀다는 걸 알고 있어? 그걸 숨긴 장소는 또 어떻게 알아낸 거고? 설마 내 방에 감시 카메라라도 설치한 거야?!"

"훗훗훗. 용케 눈치챘네! 실은 유이 오빠 방에 감시 카메라 몇 개를 설치해 뒀지! 라는 건 농담이고. 우연히 만화책을 빌리려고 책을 뽑았다가 발견한 것뿐이야."

내가 그렇듯이 마츠리도 만화와 라이트노벨을 좋아해서, 서로 용돈을 각출해 책을 사서 공유하고 있었다.

최근엔 아르바이트를 해서 안정된 수입을 얻고 있는 내가 마츠리가 읽고 싶은 작품을 포함해 책을 사고 있었는데, 설마 그게 독이 될 줄이야.

"그런 유이 오빠한테 나는 한마디 하고 싶어! 이렇게 귀여운 여동생이 있는데 어째서 그쪽 계열 작품은 하나도 없고 의지가 되는 누님 계열 작품만 한가득이었는지!"

마츠리가 토라진 얼굴로 발을 동동 구른다. 애초에 남의 물건을 허락도 없이 멋대로 읽는 건 매너 위반이라고.

그리고 내가 뭘 잘못했다고 여동생 앞에서 자신의 기호와 취향에 대해 변명해야 한단 말인가. 좀 봐줬으면 좋겠다.

"뭐, 유이 오빠도 응석을 부리고 싶어질 때가 있겠지. 나처럼 조그만 의붓동생이 아니라 글래머러스하고 예쁜 언니한테 위로를 받고 싶겠지. 유이 오빠 배신자!"

"……그쯤 해 두고 진정해, 마츠리. 그보다 방송은 안 봐도 되는 거야? 시엘의 라이브, 슬슬 시작될 시간 아냐?"

시각은 저녁 8시 반을 넘긴 참이었다. 마츠리가 사랑해 마지않는 버튜버 시엘의 방송 시작 시간이 왔다. 이대로 계속 나를 놀릴 것인가, 아니면 오프닝 토크부터 시청할 것인가. 마츠리의 선택은 당연히―.

"유이 오빠 바보! 왜 가르쳐 주지 않은 거야?!"

허둥거리며 급하게 거실로 돌아가는 것이었다. 이것 참. 겨우 집으로 돌아왔나 했더니 마음 편할 새가 없네.

"정말, 언제까지 멍하니 있을 거야, 유이 오빠! 얼른 이쪽으로 와! 오늘 방송은 처음부터 클라이맥스니까 한순간도 놓치면 안 된다고!"

"그래, 그래. 알았어. 그래도 한숨 정도는 돌리게 해 줘. 오늘은 이런저런 일들이 많아서 지쳤단 말이야."

"하는 수 없네……. 3분만 기다릴 테니까 얼른 와야 해!"

지○리 영화의 모 대령이 한 명대사를 입에 담는 마츠리. 그렇다면 그다음으로 내가 할 말은 파멸의 주문이 될 텐데 괜찮은 거지? 그런 실없는 말을 속으로 중얼거리며 나는 내 방 침대에 가로누웠다.

"하……, 오늘은 정말 피곤하네."

베개에 얼굴을 묻고 나는 깊은 한숨을 내쉬었다. 학교에서 왕자님이라고 불리는 미소녀 히메미야의 집에 초대받아 그녀가 손수 만든 요리를 대접받은 걸 들켰다간 끝장이다. 남녀를 불문하고 질투와 살의로 가득 찬 시선을 받을 테고 내가 있을 자리도 사라지겠지.

"히메미야는 멋있기만 한 게 아니었네……."

서늘한 얼굴로 추근거리는 남자를 도발했을 때. 요리를 하고 있을 때. 그리고 자신이 좋아하는 것을 얘기하고 있을 때. 전부 다른 매력이 있어서 그녀에게 이끌리는 사람들의 마음을 조금은 알게 된 것 같은 기분이 들었다.

그리고 그 쉴 새 없이 휙휙 바뀌는 표정을 독차지할 수 있는 사람은 틀림없이 일본에서 제일 행복한 사람이 되겠지.

"뭐, 나랑은 상관없나. —음, 메시지?"

베개 머리맡에 던져둔 스마트폰이 진동했다. 아무래도 누군가에게서 라인 알림이 온 모양이다. 누구인가 싶어 열어 보자, 상대는 좀 전에 막 작별했던 히메미야였다.

【오쿠가와, 시엘의 생방송이 시작됐는데 보고 있어?】

마츠리도 그렇고 히메미야도 그렇고, 정말로 시엘을 좋아하네.

【좀 피곤해서 누워 있었어. 이제부터 보려고. 어떤 느낌이야?】

【어떤 느낌이고 자시고! 오프닝부터 보스전이니까 빨리 보는 게 좋아! 엄청 열심히 하고 있으니까 응원해야 해!!】

화면 너머로 손에 땀을 쥐며 흥분한 채 시엘을 응원 중인 히메미야의 모습이 보인 듯한 기분이 들었다. 그런 생각을 하는 사이에도 퐁퐁 하는 소리와 함께 연속으로 알림이 온다.

그 내용은 '얼른 봐!'와 'ASAP(최대한 빨리)'라는 문구와 함께 화를 내며 소리치는 펭귄이 그려진 이모티콘 연타였다.

이 이모티콘 귀엽네. 나도 살까 보나.

"유이 오빠, 언제까지 방 안에 있을 거야?! 얼른 이쪽으로 와서 같이 보자!"

"그래, 그래. 지금 갈 테니까 조금만 더 기다려!"

나 원. 마츠리는 시엘만 관련되면 사람이 바뀐 것처럼 활발해져서 곤란하다. 그리고 그건 왕자님도 마찬가지인지,

【꺄아아!! 저런 곳에서 좀비가 나오다니 너무해!! 시엘이 죽겠어!!】

누구야, 이 사람. 내 라인 상대가 히메미야는 맞는 거겠지? 전송돼 온 문장이 너무 들떠 있어서 다른 사람으로 착각할 것 같다. 뭐, 혹시나 전화로 대화 중이었다고 해도 같은 생각을 하고 있었을 것 같지만 말이다.

【왜 시엘은 웃으면서 헤드샷을 쏠 수 있는 거지?! 너무 대단하지 않아?! 나라면 바로 좀비한테 잡아먹혔을 거야!】

잘하는 건 뒤에서 제법 연습했기 때문이라고 말하면 어떤 반응을 할지 보고 싶기는 하지만, 이건 극비 사항이라 실행에 옮길 수 없다는 게 유감이었다.

【나, 나왔다!! 막보! 막보가 나왔어!! 헉, 주인공이 죽어 버렸잖아?! 죽어 버렸는데?!】

【그래, 잠시 진정할까.】

저도 모르게 소리를 내며 나는 메시지를 입력했다.

만약 그녀의 집에서 함께 이 방송을 보고 있었다면 어떻게 됐을지를 망상하며 나는 마츠리가 기다리는 거실로 향했다. 슬슬 이쪽에도 대응하지 않으면 시끄러워질 테니 말이다.

"아! 유이 오빠, 겨우 왔네! 방금 말이지! 갑자기 등장한 막보한테 주인공이 순식간에 당해 버렸어!"

마츠리는 내 모습을 보더니 바로 뺨을 부풀리며 글썽거리는 눈으로 어깨를 붙잡고 바들바들 떨기 시작했다. 그래, 난데없이 발

생한 불합리한 전개에 놀라서 화가 나는 마음은 알겠지만 그걸 나한테 터뜨리지는 말아 다오.

"진정해. 저건 그냥 이벤트야. 이 뒤에 주인공은 제대로 다시 살아나니까 안심해."

"정말?! 정말로 살아서 돌아오는 거야?!"

【괜찮겠지?! 주인공은 살아 있는 거겠지?!】

두 사람이 기묘하게도 같은 말을 한다. 솔직히 말해서 귀찮다. 그러는 사이에도 방송은 멈추는 일 없이 진행되고 있었다.

"정말! 얌전히 화면에나 집중해! 시엘의 일거수일투족을 보면 어떻게 될지 알 수 있으니까!"

마츠리의 머리에 부드럽게 손날을 떨군 뒤 히메미야에게도 같은 말을 메시지로 적어 보냈다. 그러자 바로 펭귄이 '알겠습니다' 하고 경례하는 이모티콘이 돌아왔다.

역시 귀엽네, 이거. 나도 사야겠다.

"있지, 유이 오빠. 왜 스마트폰을 보면서 히죽거리고 있어? 설마 귀여운 여동생과 대화하고 있으면서 뒤로는 몰래 야한 일러스트나 만화를 보고 있는 건 아니겠지?"

"그럴 리가 있겠냐. 아는 사람이랑 잠깐 라인을 하고 있었던 것뿐이야. 그리고 나는 절대, 결코 히죽거리지 않았어!"

"……뭐, 오늘은 그런 걸로 해 둘게. 그래도 언젠가 오늘 일을 제대로 확실히 듣고 말 테니까 각오해 둬!"

마츠리가 검지로 손가락질하며 날카로운 얼굴로 말했다. 사람을 손가락으로 가리키면 안 된다고 훈계하고 싶었지만, 히죽거리며 불온하게 웃는 마츠리의 모습을 보자 등줄기가 바르르 떨려서 저도 모르게 무슨 소리를 하는 거냐고 묻고 말았다. 그러자 내 의 붓동생은 훗훗훗 하고 마왕처럼 웃으며 이렇게 말했다.

"그야 당연히— 오늘 알바를 마치고 유이 오빠가 여자 집에서 식사를 대접받은 일에 대해서지!"

그 말을 들은 순간 나는 뭉크의 절규 같은 얼굴로 소리가 되지 않는 비명을 질렀다. 설마 다 알아차린 거야?!

"오히려 왜 알아차리지 못할 거라고 생각했는지 신기하네. 전화로 얘기했을 때 분명히 실내였고 여자의 콧노래 소리도 들렸는데!"

"뭐…… 라, 고?"

"그래서 어쩌면 오늘 밤은 유이 오빠가 집으로 돌아오지 않고 그대로 어른의 계단을 올라가 버릴 수 있다는 생각도 했지."

마츠리가 히죽히죽 품위 없는 미소를 지으며 말했다. 예시는 그 것 말고도 많을 텐데 하필 어른의 계단을 오른다를 선택하다니 상상이 너무 비약적이다. 애초에 나는 그렇게 저돌적이고 적극적인 육식남이 아니다. 굳이 말하자면 초식남인 것이다.

"뭐, 그건 그렇다 치고. 어떤 여자애한테 직접 만든 요리를 대접받았는지 가르쳐 줘! 이름은? 사진은 없어?!"

마츠리가 거칠게 콧김을 뿜으며 불쑥 얼굴을 갖다 대고 묻는다. 마치 사적인 공간에 흙발로 들어온 배려라곤 모르는 예능 리포터 같다.

그보다 시엘의 방송은 보지 않아도 괜찮은 거야?!

"지금은 시엘보다 유이 오빠의 청춘이 더 소중해! 그동안 많은 것들을 희생해 온 만큼, 유이 오빠가 행복해졌으면 좋겠어!"

살짝 눈물을 글썽이며 진지한 눈빛으로 마츠리가 말했다. 희생이라는 건 과장이고, 나는 지금도 충분히 행복하다.

"그리고 가능하면 유이 오빠의 연인에게도 시엘을 전파해서 셋이서 신나게 떠들고 싶어!"

좋았어, 내 감동을 돌려받아 보실까. 진짜 속마음은 같이 덕질해 줄 여자애를 원하는 것뿐이잖아.

그리고 다행스럽게도 히메미야는 마츠리처럼 시엘에게 이미 어깨까지 푹 빠져 있는 사람이고 말이지.

"정말, 답답하게 굴지 말고 이름 정도는 가르쳐 줘도 되잖아! 학교의 동급생이야? 아니면 연상 선배?! 앗, 설마 알바 하는 곳에 찾아오던 손님이라든가?!"

추측으로 거의 정답에 가까운 대답을 입에 담지 말라고. 나는 놀라서 얼굴에 티를 내고 말았다. 그리고 그걸 눈감아줄 만큼 내 여동생은 만만하지 않다.

"과연……, 알바 하는 곳에 우연히 손님으로 찾아온 학교 동급생이자 훈남 미소녀가 유이 오빠의 여친 후보다 이거네?"

"잠깐만 기다려, 마츠리. 어떻게 상대방이 훈남 미소녀라는 걸 알고 있어?"

그냥 미소녀면 몰라도 앞머리에 훈남이라는 수식어가 붙는 건 아무리 생각해도 너무 부자연스럽다. 이래서는 꼭 상대방이 히메미야라는 걸 알고 있는 것 같잖아.

"이야…… 설마 유이 오빠가 알바 하는 가게의 훈남 미소녀 손님을 구해줘서, 그 답례로 집으로 초대 당해서 직접 만든 요리를 대접받고 오다니 말이야. 유이 오빠도 만만히 볼 수 없네!"

"잠깐만 기다려, 마츠리. 어째서 네가 그 사실을 알고 있는 거
야?!"

"그야 물론 유이 오빠가 알바 하는 가게 점장님에게 들었기 때
문이지!"

점장님 바보! 입이 가벼운 데도 정도가 있지 않아?! 그보다 마
츠리는 어느새 점장님과 연락을 주고받는 사이가 된 거야!

"유이 오빠한테 혹시 일이 생겼을 때를 대비해서 라인을 교환했
거든. 게다가 그 사람이 모델처럼 스타일이 좋고 미인에다 멋져서
내가 몰래 동경하고 있었어."

황홀한 표정으로 마츠리가 말했다. 뭐, 확실히 점장님은 당당하
고 차분한 분위기에 모델도 맨발로 달아날 만큼 빼어난 미모와 몸
매의 소유자이긴 하지. 마츠리가 동경을 품는 것도 충분히 이해가
간다.

"알바를 하러 갈 때는 바로 돌아올 거라고 말하더니 너무 갑작
스럽잖아? 그렇다면 알바 중에 무슨 일이 생겼다고 생각하는 게
일반적이지 않겠어? 그래서 점장님한테 물었더니, '아, 그거라면
동급생인 히메미야라는 애랑 같이 있지 않을까?'라고 하길래. 추
근거리는 남자들한테서 구해줬다며?"

"전부 알고 있었잖아! 그럼 어째서 굳이 물어본 거야?!"

점장님이 유쾌한 얼굴로 메시지를 입력하는 모습이 쉽게 상상
됐다. 그 사람한테는 겉보기랑 다르게 남이 곤경에 빠지는 걸 즐
기는 면이 있으니까.

"그건 말이지, 유이 오빠 입으로 직접 오늘 무슨 일이 있었는지
듣고 싶어서 그랬어! 남매의 원활한 커뮤니케이션이라는 거지!"

"굳이 그렇게 번거로운 짓을 할 필요는 없었는데……."

"뭐, 어쨌든 그 나이 먹도록 여친 하나 없었던 유이 오빠한테도 마침내 봄이 찾아온 건 좋은 일이지! 엄마도 틀림없이 기뻐할 거야!"

마츠리는 소리 내 웃으며 말했다. 벌써부터 봄이 왔다고 말하는 건 아무리 그래도 너무 성급하다고, 내 동생아. 그렇게 설레발을 치다 일이 잘못되면 눈물을 흘리는 건 바로 이 오빠거든?

"그럼, 유이 오빠를 놀리는 건 이쯤 해 두고 나는 방송 시청으로 돌아갈게! 유이 오빠는 아까부터 웅웅 울리고 있는 폰을 확인하는 게 좋지 않겠어?"

마츠리는 그렇게 말하며 내 주머니를 가리켰다. 마츠리의 말대로 얘기하는 내내 시끄러울 정도로 스마트폰에 메시지가 도착해 진동하고 있었다. 물론 발신자는 한 사람밖에 없다.

【잠깐만 오쿠가와! 시엘의 방송 보고 있는 거 맞아?! 혹시 잠이 든 건 아니지?! 전화해도 돼?!】

히메미야가 보낸 마지막 메시지에 적혀 있던 한마디에 나는 전율을 느꼈다.

지금 이 상황에서 전화가 걸려 온다면 마츠리의 장난감이 될 게 뻔했다. 아니, 그게 문제가 아니라 어머니한테도 얘기가 전달돼 큰일이―까지 생각하는데 전화가 걸려 왔다. 진짜냐고.

"유이 오빠, 나는 신경 쓸 필요 없으니까? 여친이랑 마음껏 통화해도 괜찮아! 그 대신 어떤 얘기를 나눴는지 얘기해 줘, 알았지?"

"……히메미야는 여친이 아니고 무슨 얘기를 나눴는지 가르쳐 줄 생각도 없어."

단호히 잘라 말하며 나는 거실을 떠나 방으로 돌아갔다. 그럴 수가, 너무해! 라는 마츠리의 비통한 외침이 들려왔지만 나는 전력으로 무시하며 전화를 받았다.

"여, 여보세요. 이런 시간에 어쩐 일이야, 히메미야?"

—어쩐 일이고 자시고! 메시지를 안 읽고 무시하길래 시엘의 방송을 보지 않고 잠들었나 싶어서 깨우려고 했지!

씩씩한 목소리 안에 희미하게 토라진 듯한 분위기가 섞여 있는 것처럼 들리는 건 내 기분 탓일까.

"신경을 쓰게 만들어서 미안해, 히메미야. 잠깐 여동생한테 오늘 일로 이런저런 질문을 받느라 다른 일을 할 수가 없었던 것뿐이야."

—그런 거면 어쩔 수 없지. 미안해, 오쿠가와. 가족들만의 오붓한 시간을 방해해서.

"어, 아냐……, 굳이 사과할 일도 아니니까. 그보다 시엘은 어때? 막보한테는 이길 수 있을 것 같아?"

나는 아버지에게 물려받은 노트북을 기동하며 물었다.

거실을 떠나기 전에 슬쩍 본 느낌으론 막 막보가 등장하는 던전을 진행하고 있었으니 아직 늦지 않았을 터다.

—이제 막보랑 싸우려고 하고 있어. 오쿠가와는 이 게임 해 본 적 있어?

"물론이지. 시리즈를 전부 플레이할 정도로는 팬이니까."

이렇게 말해도 내가 게임을 하게 된 건 최근이지만 말이다. 이것도 다 유키우에 시엘이라는 버튜버 때문이라는 건 입이 찢어져도 말할 수 없다.

—와, 오쿠가와는 게임도 하는구나. 그럼 혹시 시엘이 다음에 플레이할 예정인 게임도 해 보고 그랬어?

"아, 다음에 플레이할 예정인 게임이 분명 초보뿐만 아니라 역대 시리즈를 다 클리어한 베테랑들도 가차 없이 죽음으로 몰아넣는 지독한 게임으로 명성이 자자한 '엘●링'이었지? 나도 마침 플레이 중이야."

이 게임 때문에 내 봄방학 후반이 거의 날아갔다. 밤을 새고 알바를 하러 가는 날도 종종 있었지만, 그럼에도 아직 전체의 반도 클리어하지 못했으니 놀라울 따름이다.

—헐, 정말?! 그럼 나도 시엘의 방송 일정에 맞춰서 해 볼까…….

"히메미야가 하겠다면 말리진 않겠지만, 할 거면 각오하는 게 좋아. 이 게임, 죽고 다시 시작하는 걸 전제로 하는 구석이 있으니까…….”

—그렇구나. 그럼 오쿠가와랑 같이 하면 초보인 나도 어떻게든 클리어할 수 있겠네.

히메미야는 우후후 하고 즐거운 듯이 웃으며 말했지만, 그 말의 뜻은 둘 중 한 사람의 집으로 가서 같이 게임을 한다는 의미로 받아들이는 게 맞는 거겠지.

"혹시 몰라서 그러는데 왜 그런 결론에 다다른 건지 얘기해 줄 수 있을까?"

—시엘과 같은 감동을 맛볼 기회는 그리 흔치 않지만, 나 혼자선 분명 중간에 막혀서 금세 그만둘지도 모르잖아? 그래도 오쿠가와한테 배우면서 하면 어떤 강적을 상대하게 되더라도 쓰러뜨릴

수 있을 거라고 생각해!

전화기 너머에서 꾹 주먹을 쥐고 있는 히메미야의 모습이 보이는 것 같은 기분이 들었다. 아무래도 그녀는 진심인 모양이다.

—물론 내일 당장 하자는 말은 아니니까 안심해. 이제 곧 새 학기가 시작되니까, 어느 정도 정리가 되면 같이 하자. 약속이다?

직접 말로 하지는 않았지만 너에게는 '네'나 '예스'라는 선택지 말고는 없다는 압력을 느낀 나는 속으로 한 차례 한숨을 내쉰 뒤 그녀의 요청에 응했다.

"알았어. 그럼 새 학기가 시작되고 이것저것 정리가 끝나면 같이 하자."

—오쿠가와라면 그렇게 말해 줄 줄 알았어! 그날이 오는 게 벌써부터 너무 기대돼.

"나는 복합적인 의미로 벌써부터 속이 타는 것 같네……."

—어떤 의미인지 궁금하긴 하지만, 오늘은 이쯤 해 둘까. 이대로 계속 오쿠가와랑 얘기하다간 시엘의 기념할 만한 순간을 놓치고 말 것 같으니까.

시엘이 마침내 마지막 보스와 대치하고 있었다. 클리어한 순간의 감동을 나누려면 그야말로 한순간도 눈을 뗄 수 없는 상황이라고 할 수 있었다.

—그럼 오쿠가와. 아까도 말했지만 오늘은 정말 고마웠어. 잘 자.

"나, 나야말로. 잘 자, 히메미야."

히메미야는 마지막으로 후훗 하고 아름다운 웃음소리를 남긴 뒤 전화를 끊었다.

가족 말고 다른 여자에게 잘 자라는 인사를 들은 건 처음이다. 심지어 그 상대가 히메미야처럼 그림으로 그린 듯한 미소녀라면, 오늘 하루로 평생치 운을 다 썼다고 말해도 과언이 아니었다.

"여기서 같은 반까지 된다면 어떻게 되는 걸까. ……뭐, 세상일이 그렇게 내 뜻대로 돌아가지는 않겠지만."

무심결에 자조하며 나는 침대 위로 쓰러졌다. 많은 일들을 겪어서 피곤했는지 눈을 감자 금세 의식이 암전되었다.

그렇게 봄방학이 끝나고 맞이한 새 학기.

정식으로 고등학교 2학년이 된 첫 등교일. 이제부터 1년 동안 함께 지낼 동료들이 기다리는 교실로 들어간 순간, 나는 경악했다. 왜냐하면 그곳에는 만면에 미소를 띤 히메미야가 있었기 때문이다.

그녀는 내 모습을 보더니 주위 친구들에게서 떨어져 부리나케 내 쪽으로 다가왔다.

"안녕, 오쿠가와. 앞으로 1년 동안, 잘 부탁해?"

"……잘 부탁해, 히메미야."

아무래도 나는 성대하게 플래그를 회수해 버린 것 같다. 남은 1년 동안 나는 무사히 고교생활을 보낼 수 있을까. 아니, 보낼 수 있을 리가 없다.

제3장 파란으로 가득 찬 새 학기

"유이 오빠! 그렇게 준비로 늑장을 부리다간 지각하게 생겼거든?! 나를 입학하자마자 지각마 불량 여고생으로 만들 셈이야?!"

현재 시각은 7시 반 즈음. 교복으로 갈아입기는 했지만 느긋하게 아침을 먹고 있는 나와는 반대로 마츠리는 벌써 가방을 어깨에 메고 등교할 준비를 마친 상태였다.

참고로 아버지는 이미 집을 나갔고 어머니는 아직 자고 있다. 어제도 일을 마치고 돌아온 게 날짜가 바뀌고 나서였으니 무리도 아니었다.

"나는 버려두고 먼저 가면 되잖아? 아직은 서두를 만큼 늦은 시간도 아니라고."

우리 집에서 아마노다테 고교까지는 자전거로 10분이 채 안 된다. 걸어도 15분 정도밖에 걸리지 않는 가까운 거리다. 그래서 아침 방송의 운세 코너를 보고 난 뒤 집을 나서도 여유롭게 시간에 맞춰 도착할 수 있었기에, 어지간해서는 지각할 일이 없었다.

"유이 오빠, 뭘 모르네! 이 시기에는 일찍 등교해서 반 아이들과 친목을 다질 시간을 조금이라도 확보하는 게 중요하다고!"

난 그런 건 전혀 신경 쓰지 않았다고. 오히려 학교가 모처럼 가까운 거리에 있으니까 1분 1초라도 오래 아침잠을 보충하는 쪽이 더 중요했다.

"정말! 유이 오빠는 그래서 친구가 전혀 없는 거야! 친구를 100명은 만들 수 있으려나*란 노래를 떠올려 보라고!"

"쓸데없는 참견이야. 애초에 나는 친구가 100명인 것보다 마음을 털어놓을 수 있는 친구 한 명만 있으면 충분한 쪽이라고."

"뭐, 유이 오빠가 하는 말에도 일리는 있긴 한데…… 아니지, 그런 건 아무래도 상관없어! 내가 하고 싶은 말은 다정한 오빠라면 고교생활에 불안감을 느끼고 있는 여동생과 같이 등교해 줄 거지? 라는 거였어!"

그래 줄 거지, 오빠? 하고 눈만 들어 바라보며 마츠리가 말했다. 일일이 에둘러 말하지 않으면 안 되는 병에라도 걸린 건가?

"내 3년 동안의 고교생활이 장밋빛이 될지 잿빛이 될지는 입학 후의 일주일로 결정된다고 해도 과언이 아니야!"

"알았어, 알았다고! 준비하고 올 테니까 잠깐만 기다려!"

새 학기가 시작된 지 아직 사흘밖에 지나지 않았다. 입학 후의 일주일로 3년 동안의 고교생활이 잿빛이 될 리는 당연히 없고, 애초에 이 커뮤력 만렙인 마츠리에게 친구가 생기지 않을 턱이 없다. 대체 뭘 노리는 거지?

딩동 딩동.

그런 생각을 하며 넥타이를 매고 있는데, 갑자기 방문객을 알리는 초인종이 울렸다. 이런 아침부터 대체 누가 무슨 일로 찾아온 거지?

* '1학년이 되면'이라는 동요의 가사.

"유이 오빠, 미안! 잠깐 다른 일을 하고 있어서 그런데 대신 나가 주지 않을래?"

"하아…… 사람을 마구 부린다고 해야 할지 제멋대로라고 해야 할지……."

자유분방한 마츠리에게 저도 모르게 불만과 깊은 한숨을 토해 내며, 나는 재빠르게 넥타이를 매고 서둘러 현관으로 향했다.

"네네, 오래 기다리셨습니다. 누구신가요?"

"아, 안녕하세요, 유이토 씨!"

문을 열자 그곳에 서 있었던 건 새하얀 블레이저와 스커트 교복으로 몸을 감싼 한 여자아이였다.

어깻죽지까지 자란 세미롱 헤어는 북유럽 출신인 어머니에게 물려받아 광택이 도는 은빛을 띠고 있었고, 외모 또한 어딘가 환상적이고 요정 같은 사랑스러움이 묻어 있었다. 마치 동화 속 나라에서 온 것 같은 미소녀. 그러면서도 마츠리와는 비교도 되지 않을 만큼 풍만한 두 개의 언덕을 보유하고 있는 걸 보면, 세상은 참 불공평하다 싶다(마츠리가 한 말).

"안녕, 노엘. 이런 아침부터 어쩐 일이야?"

소녀의 이름은 유메노 노엘. 마츠리와는 친구로 같은 초등학교와 중학교를 다닌 동급생이다. 나와 마츠리가 의붓남매가 되고 나서부터는 이 집에도 여러 번 놀러 오게 됐고, 그때 나도 같이 게임을 한 적이 있었다.

하지만 우리 남매와는 비교도 되지 않을 만큼 두뇌가 명석해서 그녀가 다니는 사립 나나호시 학원은 전국에서도 톱 클래스로 손꼽히는 유명한 명문 학교로, 노엘은 그곳에서도 수석 입학을 한 그야말로 천재 미소녀였다.

"유이토 씨한테 아침 인사를 하고 싶어서 와 버렸어요. 안 되, 나요?"

"어, 아니. ……안 되는 건 아냐."

눈망울을 글썽이며 물어보는 건 반칙이라고, 노엘. 안 된다든가, 집에 들렀다 가면 지각하는 거 아니냐는 말을 할 수 없게 되잖아.

"에헤헤. 다정한 유이토 씨라면 그렇게 말해 줄 거라고 생각했어요! 그럼 이제부턴 매일 아침 인사를 하러 올게요!"

"뭐, 매일 아침? 그건 좀…….”

"…….”

"아, 응. 매일 아침 말이지. 당연히 괜찮아! 나도 노엘을 볼 수 있어서 기쁘니까 말이지!"

노엘의 무언의 압력에 굴복한 나는 메마른 웃음과 함께 자포자기하듯 말했다. 뭐, 그 덕분에 노엘이 활짝 미소를 지어 줬으니, 결과적으로는 잘된 일인 걸로 치자.

"노엘, 좋은 아침~!"

집 안에서 마츠리의 목소리가 들려와 돌아보려는데, 내가 돌아서는 것보다 먼저 마츠리가 내 옆을 달려서 빠져나가더니 노엘을 부둥켜안았다.

"으헤헤…… 노엘, 오늘도 여전히 가슴이 크네! 최고야!"

"자, 잠깐만 마츠리?! 유이토 씨가 보는 앞에서 그러면 부끄럽잖아아……. 그리고 이상한 데를 만지지 마. 부탁이야."

"하아, 하아, 하아…… 그렇게 반응하면 점점 더 괴롭히고 싶어

지—가 아니라 만지고 싶어진다고! 그래도 되지? 노엘!"

"당연히 안 되거든! 아침부터 집 앞에서 친구한테 성대한 추행을 저지르지 말라고!"

나는 거칠게 콧김을 뿜으며 추행 폭주 기관차가 된 한심한 여동생의 머리에 손날을 떨구고는 노엘에게서 떼어냈다. 뭐, 이런 일이 어제오늘 시작된 건 아니지만, 고등학생이 됐으니 슬슬 그만두지 않으면 노엘도 정나미가 떨어지지 않겠어?

"정말! 모처럼 노엘의 가슴을 만끽하고 있었는데 방해하다니 너무해, 유이 오빠!"

"아무리 생각해도 너무한 건 너거든! 미안해, 노엘."

"아, 네. ……저는 괜찮아요. 마츠리한테 만져지는 건 익숙하니까요."

난처한 미소를 지으며 대답하는 노엘의 뺨은 잘 익은 사과처럼 새빨개져 있었다. 사실은 부끄러운데 참고 있는 거겠지. 정말, 노엘이 착하다고 해서 자꾸 기어오르지 말라고.

"유이 오빠도 성인군자인 척하지만 사실은 노엘의 가슴을 만지고 싶지? 솔직해지라고!"

마츠리가 술에 취해 희롱하는 아저씨처럼 음흉한 미소를 지으며 내 옆구리를 쿡 찔렀다. 아침부터 귀찮게 달라붙네. 그야 마시멜로 같은 노엘의 가슴을 주무르고 싶다고 생각한 적이 없냐면 거짓말이 되겠지만, 나에게 그녀는 또 하나의 여동생 같은 아이다. 그런 발칙한 행위는 할 수 없다.

"하아…… 정말로 아침부터 마츠리 때문에 미안해, 노엘."

"아, 아뇨. ……그보다 유이토 씨. 유이토 씨도 그…… 제 가슴을, 만지고 싶…… 으세요?"

"……뭐?"

"저는 저기…… 유이토 씨가 만지고 싶다고 하시면 언제든지 환영이니까요! 오히려 야한 책을 읽는 것보다 저를—."

"스토오오옵, 멈춰, 노엘! 그 이상은 안 돼! 입도 벙끗 못 하게 할 테니까 말이지?!"

갑자기 무슨 소리를 하는 거야, 애는?! 얼굴은 더 붉어진 상태였지만 그 눈동자는 마치 갓 결혼한 신부가 첫날밤에 도전하는 것처럼 진지했다.

"잠깐만 기다려, 노엘. 방금 한 말을 보면 설마 너도 내 비밀 컬렉션의 존재를 알고 있는 거야?!"

"그야 당연하지. 노엘이 유이 오빠는 어떤 여자를 좋아하냐고 물어보길래 내가 이것저것 가르쳐—."

지극히 당연하다는 듯이 태연하게 대꾸하는 마츠리. 친구에게 대체 뭘 가르치고 있는 거야, 이 망나니 여동생은. 아무리 내가 여동생을 아끼는 성인군자 오빠라도 한도라는 게 있거든?!

"아아아아아아!! 마츠리, 스톱! 그 이상은 안 돼! 비밀로 하기로 약속했잖아!"

하지만 나보다 더 당황해서 얼굴뿐만 아니라 목까지 새빨개진 노엘이 손을 휘적거리며 마츠리의 어깨를 콩콩 때리기 시작했다.

"아무리 지나도 어택을 하지 않는 노엘이 잘못인 거야. 계속 느긋하게 있다간 뒤에서 날아온 솔개한테 빼앗기고 말걸!"

"뭐? 마츠리, 그게 무슨 뜻이야?! 서서서, 설마 유이토 씨한테 여여여연인이?!"

당황해서 눈을 굴리며 야단법석을 피우는 노엘은 과장을 빼고 말해도 무척 귀여웠기에 계속 보고 있을 수도 있었지만, 그래도 정말로 그랬다간 지각을 할 것이었기에,

"자자. 조금 진정할까, 노엘. 마츠리의 말에 휘둘리지 마. 나한 테 연인은 없어. 그러니까 안심해."

나는 노엘의 머리를 토닥거리며 쓰다듬었다. 연인이 없다는 걸 스스로 자백하자니 마음이 처량하네.

"아아…… 유이 오빠. 그건 오히려 역효과라고. 노엘의 흥분도 가 상한을 돌파해 버릴 뿐이라니까."

마츠리가 곤란하다는 듯이 한심해하는 기색으로 어깨를 으쓱이 며 말했다. 그럴 리가, 노엘의 머리를 쓰다듬는 게 이번이 처음도 아니니까 괜찮겠지.

"에헤헤. 유이토 씨가 쓰다듬어 주는 건 기분 좋아요오. 더 다독 여 주세요."

네, 괜찮지 않았습니다.

노엘은 얼굴을 새빨갛게 물들인 채 행복한 듯이 헤실거리고 있 었다. 꼭 주인에게 응석을 부리는 아기 고양이 같다. 계속 쓰다듬 고 싶다.

"자자, 정신 차려, 유이 오빠. 노엘도! 이제부터 등교를 해야 하 는데 딴 세상으로 가 버리면 안 돼!"

마츠리가 돌아오라며 노엘의 머리에 가차 없이 손날을 떨궜다. 이 모습만 보면 남매가 맞다 싶지만 그래도 조금은 힘 조절을 해 줬으면 좋겠다.

"으으…… 아파, 마츠리. 할 거면 좀 더 살살 해 줘어."

"입 다물어. 내가 이렇게라도 하지 않으면 너는 망상의 세계에서 돌아오지 않을 거잖아! 슬슬 시간이 촉박해지고 있다고!"

마츠리의 말에 스마트폰으로 시간을 확인하자 7시 50분을 지나가고 있었다. 확실히 능장을 부릴 시간은 없었다. 이렇게 말해도 노엘이 다니는 나나호시 학원 역시 우리와 마찬가지로 이곳에서 걸어서 10분이 채 안 되는 가까운 곳에 있지만 말이다.

"원인을 따지면 마츠리가 먼저 날 희롱한 게 잘못이지! 그것만 아니었어도 유이토 씨랑 좀 더 얘기할 수 있었는데……!"

"그러네. 노엘의 말대로 전부 마츠리가 잘못했네. 반성해라."

"둘 다 좀 너무하지 않아?!"

이런 건 절대 이상해! 라고 외치며 마츠리가 발을 동동 구른다. 정말로 아침부터 이미 텐션이 클라이맥스구나.

"고등학생이 되고 환경이 달라져서 바빠지겠지만, 시간이 남을 때는 여태까지처럼 놀러 와도 되니까. 마츠리도 기뻐할 거라고 생각해."

"네! 감사해요, 유이토 씨! 호의를 감사히 받아서 시간을 짜내 놀러 올게요! 주말에 자고 가도 되죠?!"

"물론이지. 그래도 더는 밤을 새 가면서 게임을 하진 않을 테니까, 알겠지?"

"엥…… 그게 어때서요. 또 철야로 마●오 파● 연속 플레이해요!"

노엘이 애교를 부리듯 달콤한 목소리로 말하며 소매를 잡아당긴다. 귀여워서 반사적으로 고개를 끄덕이려는 걸 전력으로 참았다. 전에 그걸 했을 때 중간에 탈진한 노엘이 나를 보디 필로우 삼아 꿈속으로 여행을 떠나는 바람에 진땀을 뺐던 것이다.

"참 나. 응석을 부리고 싶으면 좀 더 당당하게 해도 된다고 말했잖아. 노엘은 정말 답답하다니까."

"그치만…… 마츠리랑 다르게 유이토 씨는 내 오빠가 아니란 말야."

글썽이는 눈으로 뺨을 부풀리며 말하는 '말야'의 파괴력은 보통 수준이 아니다.

심지어 노엘 같은 미소녀의 입에서 나오자 위력은 배가 되었다. 나는 저도 모르게 시선을 피했다.

이렇게 귀여운 의붓동생이 있었다면 이성이 남아나질 않았겠는걸. 러브 코미디가 시작돼 버렸겠지.

"뭐, 그 부분은 나중에 다시 작전회의를 하든가 하자. 슬슬 학교로 출발하지 않으면 진짜로 지각할 테니까."

"그러게. 나나 마츠리는 그렇다 쳐도 노엘을 지각하게 만들 수는 없으니까 서두를까."

"네……, 아침부터 소란을 피웠네요. 마츠리, 오늘 밤에 전화할게. 유이토 씨, 짧은 시간이었지만 대화를 나눌 수 있어서 기뻤어요. 그럼 다시 만나뵐 날을 기대하고 있을게요."

꾸벅 인사한 뒤 노엘은 어딘가로 전화를 걸었다. 그러자 1분도 지나지 않아 검게 칠이 된 고급 승용차 한 대가 우리 집 앞에 나타났다.

노엘이 얼빠진 나와 마츠리를 지나쳐 우아하게 차에 탑승한다.

"그럼 유이토 씨. 다녀올게요."

"자, 잘 다녀와. 조심하고?"

여신처럼 자애에 찬 미소로 창 밖을 향해 손을 흔들며 노엘이 우리들 앞에서 떠나갔다.

"……우리도 이제 슬슬 출발할까."

"……응, 그러게."

우리 남매는 여태껏 알지 못했던 유메노 가의 재력에 전율을 느끼며 학교를 향해 걸어갔던 것이었다.

* * * * *

무슨 일에든 사전 준비가 중요하다는 것을 통감한 건 오늘이 처음이다. 그렇게 야단법석을 떨었는데도 나와 마츠리가 교문을 통과한 건 8시를 살짝 지난 시각이었다. 이 정도면 졸업할 때까지 지각과는 인연이 없는 생활을 보낼 수 있을 것 같다.

"나한테 고마워해, 유이 오빠. 내가 얼른 준비하라고 재촉해 주지 않았다면 지금쯤 비참한 지경에 처해 있었을 테니까!"

마츠리는 어째서인지 기고만장한 얼굴로 가슴을 폈지만, 슬프게도 히메미야와 노엘처럼 발육이 진행되지 않았기에 유아 체형인 의붓동생에게는 흔들리는 것이 아무것도 없었다.

"그러고 보니 유이 오빠네 반에는 봄방학 때 도와줬던 히메미야 씨가 있지? 뭐라도 얘기는 해 봤어? 러브 코미디가 시작됐어?"

"동생아, 현실은 그렇게 녹록지 않단다. 궁지에 몰린 걸 구해줬다고 러브 코미디가 시작되는 건 라이트노벨이나 만화 속에서뿐이야."

"─어라, 그건 유감이네. 나는 언제든지 시작할 준비가 되어 있는데 말이지?"

갑자기 등 뒤에서 늠름한 목소리가 들려왔다. 혹시나 싶어 뒤돌아보자 그곳에는 입가에 우아한 미소를 띤 히메미야가 있었다.

"안녕, 오쿠가와. 그쪽에 있는 사랑스러운 여자애는 누구려나? 보아하니 신입생 같은데…… 설마하니 여, 연인이라든가?"

순식간에 불안한 표정이 된 히메미야가 마츠리를 바라보았다. 그리고 마츠리는 소문으로만 듣던 히메미야의 갑작스러운 등장에 놀랐는지 내 등 뒤에 숨어 바들바들 떨고 있다. 야, 아무리 놀랐어도 그런 반응은 실례라고.

"안녕, 히메미야. 이 녀석은 내 여동생이야. 이름은 오쿠가와 마츠리. 자, 마츠리. 히메미야한테 제대로 인사해."

"처, 처음 뵙겠습니다. 오쿠가와 마츠리라고 합니다. 좋아하는 건 유이 오빠랑 버튜버인 유키우에 시엘이에요. 자, 잘 부탁드립니다."

"후훗. 정중한 소개 고마워. 나는 히메미야 카나데. 오쿠가와하고는 올해부터 같은 반이 됐어. 잘 부탁해, 마츠리."

히메미야가 갸륵한 미소를 지으며 마츠리에게 손을 내민다. 그 별것 아닌 동작조차 그림이 되는 걸 보면 미소녀라는 존재는 정말 반칙적이다.

마츠리도 압도당해 갓 태어난 아기 사슴처럼 떨고 있었다.

"저기, 유이 오빠. 한 가지 물어보고 싶은데 괜찮을까?"

"응? 뭔데?"

마츠리가 내 소매를 쭉쭉 잡아당기며 히메미야에게 들리지 않도록 귓가에 대고 작은 목소리로 물었다.

"유이 오빠는 정말로 봄방학에 이렇게 예쁘고 가슴도 큰 사람의 집으로 가서 직접 만든 요리를 대접받은 거야?"

이제 와서 그런 걸 묻냐는 생각이 들었지만 의심하고 싶어지는 마음도 이해는 간다. 눈앞에서 미소 짓고 있는 히메미야는 여신처럼 성스러웠으니 말이다.

"그래도 그날은 나랑 시엘의 생방송을 봐야 해서 연락처만 교환하고 돌아왔지?"

"동생아, 너는 무슨 소리를 하고 싶은 거야?"

"유이 오빠는 차려진 밥상을 마다하는 건 남자의 수치라는 말을 알고 있어?! 이렇게 예쁘고 가슴도 큰 사람의 집에서 식사를 대접받았는데 그냥 돌아오다니 믿기지가 않거든?! 나는 유이 오빠의 취향을 알 수 없어졌어!"

"나는 네 사고방식이 전혀 이해되지 않거든?!"

새 학기가 시작된 지 얼마 지나지 않은 아침의 통학로에서 터무니없는 소리를 하며 발을 동동 구르는 마츠리에게 나는 전력으로 태클을 걸었다.

본인을 눈앞에 두고 예쁘다고 말하는 건 그렇다 쳐도 차려진 밥상이니 가슴이 크니 운운하는 건 내 의붓동생이지만 머리의 나사가 몇 개는 빠졌다고 생각하지 않을 수 없었다.

"후훗. 오쿠가와는 정말로 동생이랑 사이가 좋구나."

히메미야가 입가에 손을 대며 우아하게 웃고 있는 걸 봐선 그래도 마츠리의 발언이 그녀의 귀에는 들어가지 않은 모양이다. 이걸 다행이라고 해야 하나.

"내 남동생도 귀엽지만, 마츠리도 막상막하네. 게다가 시엘을 좋아한다고? 이대로 가져가도 될까?"

고혹적인 눈으로 마츠리를 바라보며 할짝 입맛을 다시는 히메미야. 완전히 먹잇감을 발견한 포식자다.

"가져가는 건 상관없지만 그건 방과 후가 되고 나서 얘기해."

"유이 오빠?! 나를 팔아치울 셈이야?!"

"안심해, 마츠리. 걱정 마, 두려워할 일은 없을 테니까. 같이 시엘의 방송을 보면서 이런저런 얘기만 해 주면 되니까! 주로 네 오빠 얘기를 말이지."

히메미야는 그렇게 말하며 마츠리에게 별이 반짝이며 튀어나올 듯한 윙크를 보냈다. 분명 느끼한 동작인데도 그림이 되는 걸 보면 역시나라는 말밖에 나오지 않았다.

"……과연, 대충 파악했어요. 그런 일이라면 기꺼이 할게요."

마츠리가 어느 세계의 파괴자가 했던 대사를 입에 담는다. 그 표정은 어느새 사지로 향할 각오를 한 무사처럼 예리해져 있었다.

"후훗. 눈치가 빨라서 다행이네. 앞으로 잘 부탁해, 마츠리."

"저야말로 잘 부탁드려요. 그런데 히메미야 선배는 겉보기와는 다르게 육식 계열이시네요."

"난 딱히 육식 계열이 아닌걸? 그저 눈앞에 차려진 밥상을 놓치고 싶지 않은 것뿐이야."

두 사람이 불온한 대화를 나누며 굳게 악수한다. 만나자마자 의기투합한 건 좋은 일이지만 슬슬 해산할 시간이다.

"아쉽지만 이제 슬슬 교실로 가지 않으면 선생님이 와 버리겠지. 마츠리, 나중에 천천히 얘기하자."

"네, 얼마든지요! 그럼 유이 오빠, 이따가 또 봐!"

안녕 하고 손을 흔들며 마츠리는 우리를 떠나 달려갔다. 기운이 넘치는 건 좋지만 조금은 침착함이라는 걸 학습해 줬으면 좋겠다.

"그럼 오쿠가와. 우린 같이 사이좋게 교실로 갈까. 언젠가처럼 에스코트해 줄래?"

히메미야가 그렇게 말하며 손을 슥 내민다.

이게 할리우드 영화였다면 나는 그 손을 다정하게 잡았겠지만, 현실에서 그런 짓을 하면 어떻게 될지는 불 보듯 뻔했다.

"바보 같은 소리 그만하고 가자, 히메미야."

"……왕자님은 내 손은 잡아주지 않는 거야?"

"좀 봐줘. 나는 왕자님이 아니고, 그 손을 잡았다간 이 학교에서 살아갈 수 없게 될 거야."

굳이 말하면 왕자님은 네 쪽이겠지 하고 속으로 사족을 덧붙인다.

게다가 학교에서 절대적인 인기를 자랑하는 히메미야가 교내에서 남자와 손을 잡고 걸었다간 남녀를 불문하고 다들 패닉에 빠질 것이었다.

그리고 그 상대는 질투와 선망이 뒤섞인 부정적인 감정에 지배당한 이들에게 곤욕을 당할 게 분명했다. 그 대상은 다른 누구도 아닌 내가 될 테고 말이다.

"아무리 그래도 너무 과장이 심하지 않아? 뭐, 그래도 안심해. 혹시라도 나랑 손을 잡았다는 이유로 오쿠가와가 궁지에 몰리는 일이 생기면 내가 지켜 줄 테니까."

"……구체적으로 어떤 느낌으로 지켜 주겠다는 건지 여쭤봐도 될까요?"

"그야 당연히 '이 사람은 제 첫사랑이자 왕자님이에요'라고 말하면서 그 자리에서 끌어안고 모두에게 오쿠가와는 나만의 왕자님이라고 어필하는 거지! 오쿠가와한테 이상한 벌레가 꼬이지 않도록—잠깐, 어디로 가는 거야? 아직 내 얘기 덜 끝났거든?!"

뺨을 붉힌 채 꾸물거리며 얘기하는 히메미야의 모습은 그저 귀엽다고밖에는 할 말이 없었지만, 애석하게도 순진한 처녀의 망상에나 나올 법한 내용이라 듣고 있는 내 쪽이 더는 견딜 수 없어졌다.

"공주님을 두고 먼저 가다니 지독한 왕자님이네. 그래도 그렇게 튕기는 구석이 있는 게 오히려 매력적으로 다가오기도 하니까 괜찮으려나?"

"히메미야는 대체 무슨 얘기를 하고 있는 거야?"

"늘 냉정한 주인공이 여주인공 앞에서만 부드러운 모습을 보이는 게 아주 좋다는 얘기?"

하고 싶은 말이 이해 안 가는 건 아니지만, 여기서 동의를 표했다간 더 기고만장해져서 일이 귀찮아질 것이다. 나는 마음을 단단히 먹고 그녀를 무시하며 교실로 발걸음을 서둘렀다.

"잠깐만 기다려, 오쿠가와! 내 망상…… 이 아니라 내 얘기는 안 들어도 되니까 두고 가지 말아 줘!"

히메미야가 울 것 같은 목소리로 말하며 내 뒤를 쫓아온다.

이 말을 들은 것이 순정 만화에 나오는 잘생긴 남자였다면 '참 나, 어쩔 수 없지.' 하고 어깨를 으쓱인 뒤 나란히 걸어갔겠지만, 공교롭게도 나는 그런 캐릭터가 아니었기에 도망치는 토끼처럼 후다닥 교실로 향했던 것이었다.

＊＊＊＊＊

아침부터 마츠리, 노엘, 히메미야 세 사람에게 파상공격을 당해 벌써 녹초가 된 나는 교실에 도착하자마자 쿵 하고 책상 위에 몸을 엎드렸다. 아직 초봄인데도 등에서 스멀거리며 배어 나온 땀이 불쾌했다.

이것만으로도 오늘 하루는 우울하다는 생각을 하고 있는데, 앞자리에 앉아 있는 남학생이 뒤돌아보며 말을 걸어 왔다.

"좋은 아침. 별일이네, 유이토가 아슬아슬하게 지각을 면하다니. 무슨 문제라도 있었어?"

"안녕, 쥬리. 뭐, 아침부터 이래저래 일들이 많았지. ……덕분에 엄청 피곤해."

그것 참 재난이었겠네 하고 쓴웃음을 지은 건 작년에도 같은 반이었던 내 몇 안 되는 친구 타카나시 쥬리. 중성적으로 생긴 단정한 얼굴과 온화한 미소가 특징으로, 하늘하늘 선이 가는 몸매와 처진 어깨로 인해 바지를 입고 있는데도 이따금 여자로 오해를 받을 만큼 미형이다. 하지만 그런 겉모습과는 반대로 의외로 입이 험한 데다, 대나무를 가른 것처럼 겉과 속이 같은 성격을 갖고 있었다.

"어차피 마츠리의 억지에 휘둘린 거겠지? 그 애는 유이토를 정말 좋아하니까."

쥬리는 집에 여러 번 놀러 왔기에 마츠리를 알고 있고, 내 수비 범위 밖에 있는 순정 만화를 좋아한다는 취향도 일치해서 금세 의기투합했다.

"설마 마츠리가 유이토 널 따라서 같은 고등학교로 시험을 볼 줄은 상상도 못 했지만 말이야. 그 애의 학력이면 나나호시 학원도 충분히 갈 수 있었잖아?"

마츠리는 시엘의 방송을 보면서 으헤헤 하고 실없게 웃는 나사 빠진 ―이라고 말하면 본인에게 얻어맞겠지만― 녀석이지만 실은 머리가 좋았다. 공부하는 효율이 좋은지 쥬리의 말처럼 나나호시 학원이라도 시험을 치면 틀림없이 합격할 수 있을 거라고 중학교 때 담임 선생님이 인증해 줬을 정도다.

"무슨 소리야, 나를 따라왔을 리가 없잖아. 오히려 쥬리 널 따라온 거 아냐? 그래 봬도 한창 이성에게 관심을 가질 나이의 여자애니까."

오빠인 내가 봐도 쥬리와 마츠리는 무척 사이가 좋고 취미도 일치해서 잘 어울리는 커플이 될 것 같은데 말이다.

"하아…… 유이토 넌 정말 둔감하다고 해야 할지 벽창호라고 해야 할지…… 마츠리가 고생이 많겠어."

"응? 그게 무슨 뜻이야. 그리고 방금 어쩐지 바보 취급을 당한 것 같은데 기분 탓이야?"

"하핫. 기분 탓이야. 내가 유이토 너를 바보 취급할 리가 없잖아? 그보다 유이토 너한테 묻고 싶은 게 있는데…… 있잖아, 유이토. 봄방학 때 무슨 일이 있었던 거지?"

쥬리가 내 책상을 탕 두드린 뒤 불쑥 얼굴을 들이댄다. 웃고는 있지만 그 눈동자는 악귀가 들린 것처럼 진지해서 솔직히 무서웠다. 질문이라기보다는 심문 같다.

"뭐야, 뜬금없이. 봄방학 때는 너랑 외출한 것 말고는 딱히 아무

데도 가지 않았고 즐거운 일도 전혀—."

"유이토, 아마노다테의 왕자님—히메미야랑 사이 좋게 얘기를 나누고 있었다고 하던데? 그 녀석이랑 무슨 일 있었지?"

그렇게 물어보는 쥬리의 표정은 적당한 얼버무림은 용서치 않겠다고 말하는 것처럼 날카로웠고, 그 음성도 대답을 확신하고 있는 것처럼 들렸다. 확실히 일이 있었던 건 맞지만, 순순히 자백할 수도 없었다.

"있지, 오쿠가와. 왜 말이 없어? 타카나시한테 솔직하게 말해 주면 되지 않아? 봄방학 때 우리 집에서 같이 저녁을 먹었다고."

어떻게 대답하는 게 무난할지 고민 중이던 내 등 뒤에서 방울 소리처럼 낭랑하고 당당한 목소리가 들려왔다. 그 목소리의 주인은 말할 것도 없이 히메미야였다. 나는 속으로 소리가 되지 않을 비명을 질렀다.

"오…… 히메미야의 집에서 저녁을 먹었다고. 어이, 유이토. 어떻게 된 일인지 설명해 줄 거지? 그런 얘기는 전혀 못 들었는데? 언제부터 너랑 히메미야가 그런 사이가 된 거야? 내가 엄청 신경이 쓰이네."

친구는 새로 산 장난감을 받은 아이처럼 만면에 미소를 지으며 내 어깨에 덥석 팔을 둘러 왔다.

그리고 히메미야의 이 폭탄 발언 덕에 교실에 있던 남학생들 사이에서는 살기와 질투로 가득 찬 쏘아죽일 듯한 시선이, 여학생들 사이에서는 히메미야의 연애 얘기에 흥미진진한 시선이 날아오고 있었다.

여기서 어떻게 회답하느냐에 따라 내 앞으로의 고교생활이 결정된다고 해도 과언이 아니었기에 필사적으로 머리를 굴렸다. 하지만 그런 내 사정 따위는 아랑곳없이 히메미야는 말을 이었다.

"내가 헌팅을 당해서 곤란해하고 있는 걸 오쿠가와가 도와줬어. 그 답례도 할 겸 집으로 초대해서 저녁을 대접했지. 아, 당연히 내가 억지로 가자고 했어. 그렇게라도 하지 않으면 아무런 답례도 받아 주지 않을 것 같았거든."

히메미야는 그렇게 말하며 시무룩이 어깨를 움츠렸다.

그녀의 말에 거짓은 없다. 추근거리는 남자들에게서 구해줬다는 얘기도, 억지로 집으로 데려간 것도 전부 사실이다. 하지만 굳이 침울한 척하는 모습을 보일 필요는 없지 않아?! 그래서는 꼭 내가 마지못해 히메미야의 집에서 저녁을 먹은 것 같잖아.

"오해야, 쥬리! 애초에 히메미야가 헌팅을 당한 곳이 내가 일하고 있는 카페였어. 그러니까 종업원으로서 곤경에 처한 손님을 돕는 건 당연하잖아? 그래서 도와줬다고 해서 답례를 할 필요는 없다고 나는 몇 번이나 말했어."

"그래선 내 마음이 찜찜하다고 몇 번이나 말했지? 사실은 저녁 식사 뒤에도 좀 더 함께 있고 싶었는데 오쿠가와는 돌아가 버렸어……."

히메미야가 뺨에 손을 대고 처량한 얼굴로 말했지만, 나는 그걸 보고 확신했다. 이 사람, 절대 일부러 이러는 거다. 내가 곤란해하는 모습을 보며 즐기고 있는 거다. 분명하다.

"뭐, 유이토는 순순히 차려진 밥상에 손을 댈 남자가 아니니까. 설령 그 상대가 히메미야처럼 학교에서 제일가는 미소녀라고 해도 말이지. 신사라고 해야 할지 겁쟁이라고 해야 할지, 뭐 그게 유이토의 장점이겠지만."

누가 겁쟁이야. 나도 할 때는 하거든? 단지 제대로 대화를 한 게 그날이 처음이라 히메미야의 혼란을 틈타 그런 짓을 하는 건 아닌 것 같다고 생각했을 뿐이다.

"후훗, 타카나시의 말대로야. 역시 나의 왕자—."

히메미야가 말을 마치기 전에 조회 시작을 알리는 벨이 울렸고, 담임인 이소베 선생님이 교실로 들어왔다. 뭘 말할 작정이었는지는 생각하지 않기로 하자. 히메미야는 불만스레 뺨을 부풀리며 자기 자리로 돌아갔다. 다행히 어찌어찌 넘어갔다.

"다들 좋은 아침. 조회를 시작하기 전에 선생님에게 한 가지 제안이 있어. 종례가 끝나면 자리를 바꾸지 않을래?"

교단에 탕 하고 양손을 짚으며 이소베 선생님이 엄청난 제안을 했다.

반이 새로 바뀐 지 아직 사흘째다. 지금 자리는 첫날에 아이들이 적당히 앉은 자리가 굳어진 것뿐이라 통솔이라도 할 것도 없었다. 게다가 나와 쥬리처럼 1학년 때부터 친한 친구들과 붙어 앉은 아이들도 적지 않았기에, 이 시점에 자리를 바꾸는 건 친목을 다지라는 의미에서는 충분히 고려할 만하다고 생각한다.

"좋아, 반대 의견도 없는 것 같으니 자리 바꾸기 결정! 그럼 출석을 부를게—."

이소베 선생님은 그렇게 말하며 활기찬 목소리로 학생들의 이름을 호명하기 시작했다. 학생들 대부분은 벌써부터 방과 후에 자리를 바꿀 생각으로 머릿속이 가득 찼는지 들뜬 기색이었고, 특히 남자들은 히메미야 쪽을 힐끔거리며 쳐다보고 있었다.

"바뀌더라도 가까운 자리가 되면 좋겠네, 유이토."

"응, 그러게. 작년에도 이러니저러니 해도 계속 자리가 가까웠으니까 올해도 그렇게 되면 좋겠다."

"네가 근처에 있으면 숙제를 까먹어도 어떻게든 되니까 말이지."

앞에 했던 말은 취소.

＊ ＊ ＊ ＊ ＊

점심시간.

방과 후의 자리 바꾸기 결전을 앞두고 나는 벌써부터 궁지에 몰려 있었다. 그 이유는 오늘 아침 히메미야가 한 발언의 진상을 알아내려는 반 아이들이 종소리가 울리기 무섭게 나를 포위해 버렸기 때문이다.

"있지, 오쿠가와! 헌팅을 당하고 있던 히메미야를 구해줬다는 게 진짜야?! 어떤 식으로 구해줬는지 자세히 말해 줘!"

"히메미야의 집에서 밥을 먹은 거지? 설마 히메미야가 직접 만든 요리를 먹은 거야?! 뭘 먹었어?! 맛있었어?!"

여자애들은 그나마 낫다. 구체적인 내용을 묻는 말에는 그냥 솔직하게 대답하면 되니까, 오히려 히메미야에게 발언권을 줬다간 아무 말이나 막 할 것 같아서 무서웠다. 뭐, 그녀는 점심시간이 되자마자 후다닥 교실 밖으로 나가서 이 자리에는 없었지만.

"히메미야의 집에 간 것만으로도 엄청난 잘못인데 직접 만든 요리까지 대접받았다고?! 오쿠가와 이 자식, 용서 못 해!"

"얼굴이 좀 잘생겼다고 기고만장해선 말이야. ……역시 '세상은 얼굴 아니면 돈이다' 이거야?! 젠장!"

눈물을 줄줄 흘리면서 온갖 부정적인 감정이 깃든 듯한 탁한 눈으로 나를 쳐다보지 않았으면 좋겠다. 이런 녀석들에게는 아무리 시간을 들여 설명해 봤자 소용없고 질투심을 자극할 뿐이니 무시하는 게 제일이다.

"죄송한데요! 이쪽에 유이 오…… 가 아니라 오쿠가와 유이토 있나요?"

이 상황을 얼른 빠져나와 식당으로 가려면 어떻게 해야 좋을지 고민하는데, 머뭇머뭇 교실을 들여다보며 살짝 긴장이 섞인 목소리로 내 이름을 부르는 사람이 등장했다. 반 아이들의 시선이 일제히 그쪽으로 향했다.

"어쩐 일이야, 마츠리?"

그곳에는 동생인 마츠리가 서 있었다. 아무리 오빠가 있다고는 해도 고등학생이 된 지 아직 사흘밖에 되지 않았는데 2학년 교실을 찾아오다니 역시 보통 배짱이 아니다.

내 주위에서 소란을 피우던 반 아이들도 갑자기 나타난 신기한 짐승에 흥미진진한 기색이었다.

하지만 이건 나에게 천재일우의 기회다. 마츠리를 이용해 이 자리를 벗어나자.

"어라라, 유이 오빠 사실은 인기가 많았던 거야? 친구는 쥬리 씨뿐인 줄 알았는데 어느새 친구를 이렇게 잔뜩 사귀었어? 1년이 지나서 고교 데뷔를 달성한 거야?"

어리둥절하게 고개를 갸웃거리는 마츠리를 보며 나는 한숨을 내쉬었다. 이상하네, 구세주인 줄로만 알았던 내 여동생은 이 자리에 더욱 큰 혼돈을 불러일으킬 악마였던 걸까? 좀 봐 달라고.

"오, 마츠리잖아! 고등학생이 돼도 여전히 활기차네."

그런 마츠리에게 쥬리가 웃는 얼굴로 말을 걸었다.

"앗, 쥬리 씨! 가 아니라 타카나시 선배, 안녕하세요! 올해도 얼간이 유이 오빠를 아무쪼록 잘 부탁드립니다!"

집에서라면 몰라도 학교에서 나를 얼간이 오빠라고 말하지 마. 내가 구축한 이미지가 망가지잖아. 그 이미지가 어떤 건지는 슬퍼지니까 묻지 말고.

"어! 유이토는 내가 제대로 보살펴 줄 테니까 맡겨만 둬. 그리고 호칭은 지금까지 썼던 대로 하면 돼. 그보다 마츠리는 왜 우리 교실에 온 거야? 유이토한테 볼일이라도 있어?"

"맞다! 유이 오빠랑 같이 점심을 먹으려고 부르러 온 거였어요! 하지만 인기가 너무 많아서 그럴 시간이 없는 것 같네요……."

시무룩하게 어깨를 떨구는 마츠리를 보며 반 아이들이 미안한 기색으로 쩔쩔맸다. 여기서 탈출하려면 지금밖에 없다.

"안 그래, 마츠리! 같이 점심 먹자. 쥬리도 갈 거지?"

"물론이지. 단지 점심시간이 되고 제법 시간이 흘러서 식당에 자리가 비어 있을지 모르겠지만."

아마노다테 고등학교의 학생 식당은 가격이 저렴하면서도 양이 많고 맛도 있어서 한창 자라나는 배고픈 학생들뿐 아니라 교직원들 사이에서도 매우 평판이 좋았다. 그래서 한정된 자리를 둘러싸고 매일 같이 쟁탈전이 벌어지고 있었다.

"훗훗훗. 안심하세요, 쥬리 씨! 그렇게 될 줄 알고 이미 다섯 명이 앉을 수 있는 좌석을 확보해 뒀으니까요!"

우쭐한 얼굴로 가슴을 펴며 마츠리가 한 말에 쥬리가 오오 하고 환성을 지르며 손뼉을 쳤지만 나는 불길한 예감밖에 들지 않았다.

"있잖아, 마츠리. 다섯 명이 앉을 수 있는 좌석을 확보해 뒀다고 했는데 우리들 외에 두 사람이라면 혹시—?"

"대답은 식당에 도착하고 난 뒤의 즐거움으로 남겨 둬, 유이 오빠. 이 이상 기다리게 만들었다간 시간도 없어질 테고 두 사람한테 미안하니까 서두르자!"

우리들은 마츠리에게 손을 이끌려 식당으로 향했다. 식당에 도착하고 난 뒤라고 거들먹거린 시점에서 식당에서 누가 기다리고 있는지에 대한 답은 나온 것이나 마찬가지였다.

"마츠리, 어서 와. 조금 더 걸릴 줄 알았는데 의외로 빨랐네."

아니나다를까 식당에는 히메미야가 있었다. 그 옆에는 그녀의 친구이자 동급생인 여학생 시이나 후미카가 있었다.

"야호~! 그저께 자기 소개는 했지만 다시 할게! 카나데의 친구를 맡고 있는 시이나 후미카입니다! 잘 부탁해!"

그녀는 히메미야와 쌍벽을 이루는 아마노다테의 유명인이다. 히메미야가 왕자님처럼 어른스럽고 쿨한 계열의 미소녀라면 시이나는 그 정반대다.

그녀를 한마디로 표현한다면 합법 로리타라는 말이 가장 알기 쉬우리라. 귀여운 동안에 강아지처럼 둥글고 깜찍한 눈동자.

늘 미소를 잃지 않는 사랑스러운 성격. 그러면서도 히메미야를 능가할 만큼 풍만한 과실을 겸비하고 있었기에 학생들 사이에서 시이나는 '아마노다테의 자모신(慈母神)'이라고 불린다나. 누구야, 이런 창피한 별명을 붙인 녀석은.

"그런데 말이다, 동생아. 하나 물어봐도 될까?"

"뭔데, 오빠? 내가 답변할 수 있는 거라면 뭐든지 대답할게."

"어째서 네가 히메미야와 시이나랑 같이 있는 거야? 히메미야랑은 오늘 아침에야 막 알게 됐잖아. 그런데 어째서?"

마츠리의 커뮤니케이션 능력이 아무리 뛰어나다 해도, 그 때문에 갑자기 점심을 함께 먹는 사이로까지 발전했다고는 생각하기 어렵다. 분명히 뭔가 이유가 있을 것이었다.

"그 질문에 대한 답이라면 간단해, 오쿠가와. 쉬는 시간에 연락처를 물어보러 갔을 때 내가 마츠리한테 제안했어. 같이 점심을 먹자고 말이야."

내 의문에 히메미야가 의기양양한 얼굴로 대답해 주었다. 설마 히메미야의 제안이었다니, 나는 그녀가 연락처를 교환하러 굳이 마츠리의 교실로 갔다는 사실도 모르고 있었기에 놀람을 금치 못했다. 분명 패닉에 빠졌을 테지.

"그게…… 1교시가 끝나고 축 늘어져 있는데 복도가 소란스러워져서 말이야. 밖으로 나와 봤더니 히메미야 선배가 와 있어서 깜짝 놀랐어!"

그러고 보니 히메미야, 1교시 수업이 끝나자마자 황급히 교실을 나갔지. 분명히 화장실에 갔을 거라고 생각했는데 설마 마츠리의 교실을 찾아갔을 줄이야.

"아침에는 시간이 없어서 허둥거리느라 마츠리의 연락처를 못 들었으니까. 귀중한 동지이자 정보원을 놓칠 수는 없잖아?"

동지는 알겠지만 정보원은 무슨 뜻이지. 뭐, 질문했다간 긁어

부스럼이 될지도 모르니까 아무것도 묻지 않겠지만.

"저도 유이 오빠 말고 다른 동지를 찾은 건 기뻤지만, 그래도 난데없이 교실로 와서 '마츠리, 나랑 연락처를 교환해 주지 않을래?'라고 말하는 건 좀 아니라고 생각해요. 그 뒤에 엄청 고생했다고요!"

히메미야가 씩씩거리며 불을 부풀리는 마츠리에게 '미안, 미안.' 하고 난처하게 웃으며 사과한다. 연락처를 교환한 뒤 마츠리가 어떤 지경에 처했을지는 쉽게 상상할 수 있었다.

나처럼 반 아이들에게 '히메미야 선배와 무슨 사이냐'고 추궁을 받았겠지. 그에 솔직한 마츠리가 뭐라고 대답했을지는 생각하고 싶지 않았다.

실제로 이렇게 얘기하고 있는 지금도 신입생처럼 보이는 학생들로부터 날카로운 시선을 받고 있다. 교실로 돌아가고 싶다.

"쌓인 얘기가 많은 건 알겠지만 슬슬 점심을 먹지 않을래? 난 이제 배가 고파!"

"맞아, 유이토. 네가 점심을 걸러도 상관없다고 말한다면 말리지는 않겠지만, 나는 사양이니까 말이지?"

시이나와 쥬리 두 사람의 말에 시계를 보자 확실히 슬슬 서두르지 않으면 아무것도 먹지 못하고 끝날지도 모르는 시각에 접어들고 있었다. 아무것도 먹지 않고 오후 수업을 듣는 건 한창 자라나는 고등학생에게는 지옥이다.

"자, 가자, 카나데! 오늘의 런치로 나온 비프스튜는 전에도 먹은 적이 있지만 맛이 끝내주니까 절대 놓치면 안 돼!"

"진짜야?! 그거 서둘러야겠네! 유이토, 난 먼저 가 볼게!"

시이나와 슈리가 문자 그대로 굶주린 짐승처럼 식권 발매기로 달려간다. 저 두 사람은 절대로 금강산도 식후경인 타입이리라.

"오쿠가와는 뭐로 할래? 오늘의 런치? 아니면 무난하게 카레? 아니면 파스타? 뭐하면 나랑 나눠 먹을까?"

"나눠 먹지 않겠습니다. 그런 말을 가볍게 하지 말아 줘. 내 고교생활이 점점 평온에서 멀어져 간다고."

"에엥, 그렇게 냉정하게 말할 건 없잖아. 그리고 평온하기만 한 일상보다는 다소 자극이 있는 편이 즐거울 거라고 생각하지 않아?"

히메미야가 미소를 지으며 불쑥 얼굴을 가져다 댄다. 여러 의미로 가슴이 두근거리고 내 몸이 남아나질 않으니까 그만뒀으면 좋겠다.

"생각 안 해. 공교롭게도 나는 히메미야와 달라서 평온함을 더없이 사랑하는 평범한 남자거든."

"그런 사람은 추근거리는 남자한테서 구해주고도 집까지 바래다주거나 하지 않아. 그게 설령 명령받은 일이라고 해도 말이지."

"……"

끽소리도 못 한다는 게 이 경우를 두고 하는 말일까. 나는 뺨이 달아오르는 것을 자각하고는 저도 모르게 고개를 돌렸다. 그런 내 모습을 보며 히메미야가 기쁜 듯이 웃었다.

"그럼 실없는 얘기는 이쯤 하고 우리도 식권을 사러 갈까. 계속 꾸물거리다간 정말로 아무것도 못 먹게 돼 버릴 테니까!"

히메미야가 내 손을 잡고 달려간다.

그 순간, 식당에 여학생들의 새된 환성과 남학생들의 소리가 되지 못한 비명이 울려 퍼졌다.

못 말리겠다는 듯이 어깨를 으쓱거리는 시이나와 쥬리, 마츠리의 모습이 보인다. 그런 눈으로 보지 말라고 말해 주고 싶었지만, 난데없이 히메미야에게 손을 잡혀 심장이 마구 날뛰고 있었기에 그럴 경황이 없었다.

"정말…… 손을 잡은 것 정도로 그렇게 설레지 마. 어쩐지 나까지 부끄러워지잖아."

입술을 삐죽이며 얘기하는 히메미야는 뺨뿐만이 아니라 귀까지 빨개져 있었다.

"부끄러우면 손을 안 잡았으면 됐잖아……. 그리고 다들 오해할 테니까 떨어져 주지 않을래? 이대로 가다간 내 남은 고교생활이 장밋빛과는 인연이 없는 잿빛이 될지도 모른다고."

주로 질투와 살의의 시선에 노출당하면서 말이지. 내가 뭐가 아쉬워서 학교 안에서 도망자 같은 생활을 보내야 한다는 거야.

"후훗, 괜찮아. 무슨 일이 있어도 나만은 오쿠가와 편이니까. 널 혼자 두지 않을 테니까 안심해."

두 손으로 내 손을 다정하게 꼭 감싸며 히메미야가 웃는 얼굴로 말했다. 그 미소는 명화에 그려진 여신처럼 가련하고 눈부셨다.

그리고 나는 머릿속으로 '만약 이 얼굴을 독점할 수 있다면 얼마나 행복할까.'라는 생각을 해 버릴 만큼 그녀에서 마음을 빼앗기고 말았다. 이것이 남녀를 불문하고 매료시킨다는 아마노다테의 왕자님의 힘인 걸까.

"있지, 오쿠가와. 침묵하지만 말고 무슨 말이라도 해 주지 않을래? 혹시 나랑 손을 잡는 게 싫어?"

"아니, 오해야! 그렇지 않아! 그냥 조금 히메미야가 웃는 얼굴이 귀여워 보여서 넋이 나가 있었을 뿐…… 은 취소! 방금 건 없던 일로 쳐 줘!"

내가 대체 무슨 소리를 하고 있는 거지?! 쥐구멍이 있다면 당장이라도 들어가고 싶다. 과거로 돌아갈 수 있다면 몇십 초 전의 자신을 때리러 가고 싶다.

넋을 잃고 쳐다본 건 사실이지만 하필 그 얘길 본인에게 하다니 머리가 어떻게 된 모양이다. 그리고 히메미야의 성격대로라면 틀림없이 의기양양한 얼굴로 나를 놀리려고 하겠지.

"흐, 흐응…… 그, 그렇구나. 오쿠가와가 내 웃는 얼굴에 넋을 잃고 있었구나……."

어라라, 이상한데. 성대하게 놀려댈 거라고 생각했건만, 히메미야는 불이 뿜어져 나올 것처럼 새빨간 얼굴을 하더니 고개를 숙이고 말았다.

게다가 기분 탓인지 부끄러운 듯이 몸을 꼼지락거리고 있다. 조금 전까지만 해도 동화에 나오는 왕자님처럼 멋졌는데, 지금은 꼭 사랑에 빠진 공주님 같다.

"있지, 타카나시. 저 두 사람이 뭘 찍고 있다고 생각해? 나는 러브 코미디에 한 표."

"우연이네, 시이나. 나도 러브 코미디에 한 표야. 마츠리는 어떻게 생각해?"

"저도 같은 의견이에요. 유이 오빠는 생각난 걸 무심코 입 밖으로 내는 버릇이 있거든요. 노엘도 저기에 당했는데 설마 히메미야 선배도 그 희생양이 될 줄이야……."

세 사람이 기가 막힌다는 듯이 어깨를 으쓱이며 바보 같은 대화를 나누는 것이 들려와서 불만을 말하러 가고 싶었지만, 에헤헤 하고 기쁜 듯이 웃고 있는 히메미야에게서 눈을 뗄 수 없었다.

만약 그때 히메미야의 집에서 이런 얼굴을 봤다면, 귀여워서 그만 참지 못하고 머리를 쓰다듬었을지도 모르겠다.

"후훗. 오쿠가와, 기쁜 말을 해 줘서 고마워. 기분이 너무 좋으니까 오늘 점심은 내가 대신 사 줄게!"

"아니, 아니! 안 사도 되니까 방금 말한 건 잊어 줘! 그건 머리가 어떻게 됐다고 할까 흥분해서 잠시 이성이 나갔을 뿐이라고 할까…… 아무튼 못 들은 걸로ー."

해 줘, 그렇게 말하려고 했지만 히메미야가 갑자기 뺨을 부풀리더니 항의하는 눈빛으로 나를 올려다보았다. 일일이 귀여운 몸짓을 하지 말아 줬으면 좋겠다. 그 반전 매력에 내 생명력은 이미 제로다.

"못 들은 거로는 할 수 없어. 오쿠가와도 알고 있겠지만, 나는 멋있다는 말을 들은 적은 있어도 귀엽다는 말은 들어 본 적이 없으니까. 그러니까…… 잊어버린다는 건 불가능해."

스러질 것처럼 애절한 목소리로 히메미야가 하는 말에 나는 그저 당황할 수밖에 없었다. 봄방학 때보다 히메미야의 소녀도가 더 올라간 것 같지 않아? 안 그래도 여자애들이 올려다보는 눈에는 심상치 않은 파괴력이 있는데, 그걸 히메미야 같은 잘생긴 미소녀에게 당했다간 한 번에 넘어가고 말 것이다.

나는 도움을 요청하려 쥬리 일행을 찾았지만, 웬걸 그들은 관심도 없다는 듯이 쟁반을 손에 들고 즐겁게 잡담을 나누며 음식을 받는 줄에 서 있었다. 박정한 녀석들이다.

"아니면…… 날 보고 귀엽다고 말한 건 거짓말이었어?"

눈에 눈물을 담은 채 가슴을 꾹 누르며 묻는 히메미야. 영화 속의 한 장면 같았지만, 공교롭게도 이건 여러 사람들이 보는 한가운데서 벌어지고 있는 현실의 사건이었다.

"그렇겠지. 난 어차피 후미카랑 달리 귀엽지 않으니까……."

히메미야는 그렇게 말하며 이 세상의 끝을 선고받고 절망한 것처럼 무거운 한숨을 내쉬었다. 어째서 그런 결론이 나오는 건지 정말 이해가 가지 않았다.

"그렇지 않아. 히메미야는 그…… 멋지기만 한 게 아니라 귀엽기도 하다고 나는 생각해."

시선을 딴 방향으로 돌린 채 볼을 긁으며 말했지만 너무 창피했다. 얼굴에서 불이 난다는 건 바로 이걸 두고 하는 말인가 보다.

이 짧은 시간에 나는 대체 몇 개의 구멍을 판 걸까. 아아, 지금 당장 집으로 돌아가서 이불을 뒤집어쓰고 현실에서 도피하고 싶다.

"으윽…… 오쿠가와 이 바보. 아무리 그래도 너무 직설적이잖아. ……내 심장을 저격하는 게 그렇게 재밌어? 아니면 너는 설마 타고난 플러팅 장인이야?"

"누가 플러팅 장인이야. 애초에 히메미야가 자신을 귀엽지 않다고 말한 게 잘못이라고. 그리고…… 히메미야는 내 안에서는 어느 누구보다 귀여운 여자애야."

정말로 오늘의 나는 어떻게 된 모양이다. 빼도 박도 못할 플러팅 문구라고, 이거. 그리고 이 발언으로 여학생들은 몰라도 교내의 모든 남학생들에게 적대시 당할 것이 확정됐다. 잘 가, 평온한 고교생활.

"……그 말도 잊어버려야 해?"

이렇게 된 거 될 대로 되라지.

나는 불안한 기색으로 물어보는 히메미야의 머리에 툭 손을 얹으며, 속으로 한 차례 심호흡을 한 뒤 애써 웃으며 이렇게 말했다.

"잊어버리지 않아도 돼. 뭐, 잊고 싶으면 잊어도 되지만."

인생은 무슨 일이 벌어질지 알 수 없다. 설마 내가 러브 코미디에 나오는 꽃미남 주인공이나 할 법한 대사를 치는 날이 오다니 말이다.

"아니, 방금 들은 말은 잊어버리지 않을 거야. 잊어 달라고 부탁해도 잊어 주지 않을 테니까!"

그렇게 선언하며 웃는 그녀의 얼굴을 나는 평생 잊지 못할 거라는, 그런 기분이 들었다.

제4장 왕자님과 공주님의 조우

일요일에도 나의 아침은 빠르다. 그렇게 말해도 마츠리처럼 특수촬영 히어로나 마법소녀 애니를 봐야 해서는 아니고, 카페 '마블'에 알바를 하러 가야 하기 때문이다.

"그런데 유이토. 봄부터 2학년이 돼서 반이 바뀌었을 것 같은데 즐겁게 잘 지내고 있어?"

개점 준비를 마치고 한숨을 돌리는데 점장님이 불시에 말을 걸어 왔다. 그 입가에 사악한 미소가 걸려 있는 듯이 보이는 건 내 기분 탓이 아니다.

"네, 그럭저럭 순조롭네요. 다행히 1학년 때부터 사귄 친구와도 같은 반이 될 수 있었거든요."

고교 2학년으로 올라간 지 2주일이 지났다.

식당에서 히메미야와 러브 코미디에 나올 법한 대화를 주고받으며 내 고교생활도 파멸할 줄 알았지만 뜻밖에도 그런 일은 일어나지 않았다.

특히 여학생들에게는 꼭 최애를 그늘에서 응원하는 것처럼 따스하고 흐뭇한 시선을 받게 되었다. 물론 질투나 증오에 찬 시선도 가끔은 느껴지긴 했지만.

"그거 다행이네. 나도 1학년에서 2학년으로 진급할 때는 과연 아는 사람이 있을까 싶고 온갖 생각이 다 들어서 반 배정 게시판을 보며 가슴을 두근거렸거든."

"흐음…… 의외네요. 점장님도 반 배정 때는 긴장하셨군요."

점장님은 절대로 '반 같은 건 상관없어, 나는 내 길을 간다'처럼 고독을 관철하는 여고생이었을 줄 알았다.

"무례하네, 너. 내가 왕자님이라고 불린 건 사실이지만, 다른 애들이랑 똑같이 연애를 사랑하는 여고생이었거든? 반 배정이나 자리 재배치 때는 긴장했지."

과거를 추억하듯 얘기하는 점장님의 옆얼굴은 늠름하던 평소와는 다르게 아련해서, 창밖에서 비쳐 드는 아침 햇살과 어우러져 숨을 삼킬 만큼 아름다웠다.

"내 고등학생 때 얘긴 아무래도 상관없어. 새 반은 어떤 느낌이야?"

"어떤 느낌이냐고 하셔도…… 엄청 떠들썩하려나요? 분위기 메이커도 있고, 담임 선생님도 조금 숨 막히는 구석이 있긴 하지만 좋은 사람이고요. 매일이 지루하지 않아요."

"그거 다행이네. 학교생활은 역시 즐거워야지. 그래서, 같은 반이 된 히메미야랑은 어때? 친하게 지내고 있어?"

"어째서 저랑 히메미야가 같은 반이라는 걸 알고 있는지 마음에 걸리지만, 히메미야하고는 서로 옆자리라 친하게 지내고 있어요. 덕분에 이래저래 고생은 많지만요."

이소베 선생님의 주도로 진행된 자리 바꾸기의 결과 나는 가장 뒤쪽 줄 창가라는 최고의 자리를 손에 넣을 수 있었지만 무슨 운명의 장난인지 히메미야와 나란히 옆자리에 앉게 되었다.

　모든 자리 순서가 결정된 순간 남학생들은 무겁고 암울하기 그지없는 한숨과 함께 '어째서 너만 좋은 꼴을 보는 거야……!'라는 원념을 퍼부어댔다. 나로서는 억울해 미칠 지경이었다.

　'앞으로 1년 동안 잘 부탁해, 오쿠가와.'

　기쁜 듯이 뺨의 긴장을 풀고 왕자님 스마일로 하는 말에 내 심장은 두근거리며 크게 떨렸고 저도 모르게 고개를 끄덕이고 말았다. 참고로 내 앞에는 절친인 쥬리가, 히메미야 앞에는 시이나가 앉아 있다. 이쯤 되니 우연이 아닌 듯한 기분이 들기 시작하는걸.

　"후훗. 잘됐네, 유이토. 학교에서 제일가는 미소녀인 카나데의 옆자리에 앉을 수 있어서. 그리고 전해 들은 소식에 따르면 식당에서 달콤한 말을 성대하게 내뱉었다던데. 그 얘기도 자세히 좀 해 줄래?"

　"어째서 점장님이 그 일을 알고 있는 거죠?! 무서운데요?!"

　"전에 말했던 것 같지만, 나와 카나데는 사이가 좋아. 당연히 라인도 교환했고 이것저것 상담도 해 주고 있지."

　분명히 마츠리일 거라 생각했는데 정보원은 뜻밖에도 히메미야였다. 점장님에게 상담하고 있다는 게 조금 불안하긴 하지만, 여기서 '뭐를'이라고 묻는 건 악수겠지. 세상에는 모르는 편이 행복한 일도 많이 존재한다.

　"유이토 너랑은 점장과 종업원으로서 같이 지내 왔으니까 됨됨이는 다 알고 있다고 생각했는데, 설마 네가 플러팅 장인일 줄은 꿈에도 몰랐어. 심지어 타고났다는 것도 말이야."

　"히메미야한테도 같은 말을 들었지만 전 딱히 그런 게 아니거든요?"

"흐응……, 그래도 학생들로 바글거리는 식당에서 카나데의 머리를 톡톡 쓰다듬으면서 '히메미야는 일본에서 제일 귀여워.'라고 말했다며? 그런 이가 빠질 것처럼 달콤한 말은 연인이라면 몰라도 그냥 이성 친구한테는 하지 않을 거라고 생각하는데 말이지?"

점장님이 입가에 히죽히죽 음흉한 미소를 지으며 게슴츠레한 눈으로 나를 본다. 이 사람이라면 전부 다 알고 있으면서 가게 문을 열기 전에 심심풀이로 나를 놀려먹고 있는 게 분명하다.

"제 대사가 성대하게 날조 당한 건에 대해 항의해도 되나요? 제가 귀엽다고 말한 건 맞지만 일본 제일이라고까지는 말하지 않았거든요?"

"유이토는 아마 모르겠지만, 전국 여고생 미스 콘테스트라는 게 있거든. 만약에 카나데가 거기에 출전한다면 어떻게 될 거라고 생각해?"

그런 콘테스트가 있다는 건 처음 알았다.

만약에 히메미야가 출전한다면 틀림없이 그랑프리를 획득하겠지. 그리고 예능사무소에서 스카우트 제의가 산더미처럼 들어와 연예계로 진출하지 않을까. 데뷔하면 금세 인기가 폭발해서 스타로 가는 계단을 뛰어 올라가리라. 그렇게 순식간에 손이 닿지 않는 존재가 되리라.

"유이토는 상상력이 풍부하네. 확실히 카나데라면 일본에서 제일 귀여운 여고생으로 뽑힐 거야."

아무래도 마음의 소리를 입 밖으로 내고 있었던 모양이다.

"그래도 말이지, 유이토. 그 애가 바라는 건 주변 사람들의 칭찬이 아냐. 그 애가 원하는 건 '히메미야 카나데'를 제대로 봐 줄 사람이지.”

“자신을 제대로 봐 줄 사람, 이요?”

“카나데는 훈남이나 왕자님, 미소녀 같은…… 그런 외견에 구애되지 않고 제대로 자신의 내면을 보고 마주해 줄 사람을 찾고 있는 거야.”

점장님은 그렇게 말하며 쓴웃음을 흘렸다. 점장님도 분명 그게 얼마나 허들이 높은 요구인지 알고 있는 것이다.

“그래도 가끔은 있어. ‘당신을 좋아해요’라고 전력으로 어필하고 있는데도 ‘당신에 대해 제대로 알고 싶다’면서 끄떡도 하지 않는 남자가 말이지.”

“그런 사람이 이 세상에 있다고요? 픽션 속 얘기 아닌가요?”

“하아…… 꼭 그런 남자들이 자기랑은 상관없다는 얼굴을 한단 말이지. 나 원, 너라는 남자는 정말로 여심을 사로잡는 선수구나. ……이래서는 카나데도 고생이 많겠어.”

점장님이 성대한 한숨을 토해 내며 어쩔 수 없다는 듯이 어깨를 으쓱인다. 히메미야가 고생하겠다는 건 무슨 뜻인가요? 혹시나 싶지만 저를 두고 한 말은 아니겠죠?

“아무튼 내가 하고 싶은 말이 뭐냐면, 카나데와의 거리를 좁히는 걸 두려워하지 말라는 거야. 아직 젊으면서 생각이 너무 많아, 너.”

예전의 나처럼 말이지, 하고 점장님이 마지막으로 덧붙였다.

딱히 일부러 그러는 건 아니다. 그 쉬운 한마디를 입 밖으로 꺼낼 수가 없었다. 머뭇거리는 내게 점장님이 자애에 찬 표정을 지으며 툭 어깨에 손을 얹더니,

“가족의 행복도 소중하지만, 너 자신도 행복해져도 괜찮아. 오히려 더 행복해져야만 해. 네 가족이 그걸 바라고 있으니 말이야.”

“점장님…….”

그러고 보면 마츠리한테도 ‘유이 오빠는 좀 더 자신의 행복을 생각하면 어때.’라는 말을 들은 적이 있었다.

“뽑아 놓고 이렇게 말하려니 좀 그렇긴 한데, 상황이 바뀌었으니 더는 알바를 할 필요도 없지 않아? 그야말로 주말에는 카나데랑 데이트라도 하는 게 좋지 않겠어?”

“얘기가 왜 그렇게 되는 건데요? 그리고 애초에 저랑 히메미야는 그런 사이가 아니거든요?”

“후훗. 알았어, 지금은 아직 그런 걸로 쳐 줄게. 그럼, 실없는 얘기는 이쯤 하고 슬슬 영업을 시작해 보실까! 일요일이니까 바빠지겠지만 오늘 하루도 힘내서 열심히 하자!”

끝마무리가 석연치 않긴 했지만 개점 시간이 돼 버렸으니 어쩔 수 없다. OPEN 간판을 걸러 밖으로 나가자,

“에헤헤. 안녕, 오쿠가와. 심심해서 와 버렸어.”

호랑이도 제 말 하면 뭐랬던가. 어미에 하트 마크가 붙어 있을 것처럼 수줍은 미소를 띤 히메미야가 서 있었다.

평소에 보던 낯익은 교복과는 달리 오늘 히메미야가 입은 옷은 아름다운 다리를 강조하는 딱 붙는 검은색 팬츠에 레이스로 장식된 베이지색 골지 니트 카디건이다.

가뜩이나 일반적인 여고생 수준을 넘어선 몸매를 갖고 있는데도 여느 때보다 한층 더 요염해 보이는 건, 평상시에는 교복 밑에 숨어 있는 아름다운 목 주변의 라인과 보일 듯 보이지 않는 매혹

적인 가슴골 때문이 분명하다. 슬쩍 보이는 연분홍색 속옷도 눈에 자극적이었다.

"와 버렸어가 아니지, 히메미야. 그보다 이런 이른 아침부터 어쩐 일이야? 혹시 할 일이 없어?"

"그 말은 좀 실례가 아닐까? 오늘은 하루 종일 커피를 마시면서 독서를 하고 싶은 기분이었어."

"아…… 그러고 보니 카페에서 책을 읽는 게 취미라고 전에 말했었지. 그런데 중요한 책은 어디에 있어?"

히메미야가 들고 있는 건 노트가 들어갈 만한 작은 가방 하나뿐이었다. 책이 들어간다고 해도 한 권이나 두 권 정도가 한계겠지. 그걸로 하루를 보내는 건 아무래도 무리가 아닐까.

"훗훗훗. 오쿠가와, 생각이 무르네. 벌꿀이 듬뿍 들어간 팬케이크보다 물러! 책이 없어도 이것만 있으면 어디서든 책은 읽을 수 있다고!"

그렇게 말하며 득의양양한 표정을 지은 히메미야가 가방에서 꺼낸 건 스마트폰과는 별개의 태블릿 단말기였다.

"전자책은 정말 편하단 말이지. 종이책과 달리 부피도 적어서 어디든지 자유롭게 갖고 다닐 수 있어!"

"확실히, 요새는 웹에서 연재하는 만화들도 많지."

"맞아, 맞아! 게다가 웹 연재면 날짜가 바뀐 순간에 바로 올라와서 아침에 편의점으로 달려가지 않아도 되지!"

히메미야가 주간지를 사러 편의점으로 대시하는 모습은 상상만 해도 웃음이 나오는데. 그렇게까지 해서 읽고 싶은 작품이 있는 건가?

"그래도 종이책에는 종이책만의 장점이 있으니까. 정말로 좋아하는 작품이면 종이책으로 사 버린단 말이지. 덕분에 책장이 미어터질 지경이야."

"우리 집 책장도 비슷한 느낌이야. 넘치지 않게 같은 작품일 경우에는 마츠리랑 공유하고 있을 만큼."

솔직히 말하자면 공유는 하고 싶지 않지만, 공간도 돈도 없기에 참을 수밖에 없었다. 이런 일로 부모님에게 떼를 쓸 수는 없으니 말이다.

"오쿠가와는 어떤 만화책을 읽어? 배틀 판타지? 아니면 청춘물? 의외로 러브 코미디였다든가?"

"그러게. ……딱히 가리지는 않지만 판타지 쪽이 많으려나? 러브 코미디도 조금은 있지만 그쪽은 마츠리 게 많을 거야."

마츠리는 나보다 더 잡식이니 말이지. 웹에서 미리보기를 해서 재밌다고 느끼면 바로 전권을 모으려고 한다. 구매 자원은 내 알바비에서 나오고 있으니 적당히를 기억했으면 싶긴 하다.

"언젠가 오쿠가와의 집에 놀러 가고 싶다. 마츠리랑도 좀 더 얘기하고 싶고…… 그렇지! 좋은 생각이 떠올랐어! 다음 긴 연휴 때—."

좋지 않은 생각을 떠올린 히메미야가 제안하기 직전, 질린 얼굴을 한 점장님이 가게 안에서 나왔다.

"어서 와, 카나데. 자리는 비어 있으니까 마음에 드는 곳에 앉아도 돼. 바로 늘 주문하던 커피를 가져올 테니까 기다리고 있어."

"아, 네. ……감사해요."

"유이토는 카나데를 자리로 안내해 줘. 사랑하는 급우가 와서 잔뜩 얘기하고 싶겠지만 근무 중이라는 걸 잊지 않도록 해."

"네. ……잘못했습니다."

얼굴은 웃고 있지만 눈은 웃고 있지 않은 점장님에게 나와 히메미야는 둘 다 압도당해 풀이 죽어선 도망치듯이 가게 안으로 들어갔다. 그런 우리들의 뒤에서 못 말리겠다는 듯이 성대한 한숨을 내쉬고 있는 게 또 무서웠다.

"아하하하…… 점장님을 화나게 만들어 버렸네. 미안해, 오쿠가와."

"히메미야가 신경 쓸 일은 아냐. 그보다 자리는 어디로 할래? 보다시피 전 좌석이 비어 있으니까 아무 데나 골라도 돼."

어쨌든 오늘의 손님 제1호니 말이지. 창가부터 카운터 자리까지 마음대로 골라잡을 수 있다.

참고로 점장님을 바로 앞에서 볼 수 있는 카운터석은 점심 휴게 시간의 회사원들에게 인기라나.

"오늘은 카운터 자리로 할까. 거기라면 점장님과 수다도 떨 수 있고 오쿠가와가 일하는 모습을 구경할 수도 있으니까."

"사람이 진지하게 일하는 걸 웃음거리로 삼는 건 좋지 않다고 생각하거든?"

"후훗, 농담이야. 만화책을 읽으면서 오쿠가와가 일하는 모습을 하루 종일 찬찬히 지켜볼게."

"그건 그것대로 참아 줘……."

내가 뭐가 아쉬워서 동급생에게 일하는 모습을 보여줘야 하는 건데. 막 일을 시작했을 때는 가게에 놀러 온 마츠리에게 몇 번이나 비웃음을 당했던 쓸쓸한 기억이 있다.

"나는 웃지 않을 거야. 나는 열심히 노력하는 사람을 보고 웃거나 놀리지 않아. 절대로 말이지."

히메미야가 그렇게 말하며 거의 처음 보는 진지한 눈빛으로 나를 응시한다.

변덕스러운 날씨처럼 휙휙 표정을 바꾸지 말아 줬으면 좋겠다. 미소를 짓는가 싶더니 늠름한 얼굴로 변하는 건 반칙이다.

이제부터 긴 하루가 시작될 것이건만 심장이 벌써부터 비명을 지르고 있다.

"그럼 오쿠가와. 일 힘내. 응원하고 있을게."

"고, 고마워. 히메미야도 편하게 쉬고 있어. 바로 물을 가져올 테니까. 커피 말고 또 주문할 건 있어?"

"아니, 지금은 커피만으로 충분해. 배가 고파지면 다시 고민해 볼게. 고마워."

"알았어. 무슨 일이 생기면 바로 불러 줘."

그럼 이만이라고 말한 뒤 내가 그녀를 떠나 카운터 안으로 들어서자, 이미 돌아와 있었던 점장님이 실실 웃으며 게슴츠레한 눈으로 나를 보았다.

"유이토, 근무 중에는 부디 공사를 혼동하는 일이 없도록 부탁해. 이 가게는 너희들이 꽁냥거리는 장소가 아니니까 말이지."

"……말하지 않으셔도 알고 있어요."

입을 삐죽 내밀며 불퉁하게 말했지만, 이 대화조차 히메미야가 보고 있다고 생각하자 부끄러워 견딜 수가 없었다.

애초에 히메미야는 어째서 내가 오늘은 아침부터 알바를 하러 가게에 와 있다는 걸 알고 있었을까? 나는 그런 생각을 하며 그녀의 자리로 물을 운반했던 것이었다.

시각은 점심을 지나 간식을 먹을 시간.

미스터리 소설에서는 범인은 범행 현장을 찾는 법이라는 말이 종종 나오는데, 내 알바 정보를 흘린 범인도 그 예시에서 벗어나지 않고 시치미를 떼는 얼굴로 카페 ‘마블’을 방문했다.

“야호~! 유이 오빠, 놀러 왔어!”

“마, 마츠리 잠깐만. 그렇게 큰 소리로 유이토 씨의 이름을 부르면 민폐니까 그만두는 편이 좋아.”

마츠리가 기고만장한 얼굴로 성큼성큼 가게로 들어왔다. 그 뒤에는 미안함과 창피함에 고개를 숙이고 있는 노엘의 모습이 보였다.

“어서 와, 노엘. 미안해, 마츠리가 폐를 끼쳐서.”

“아, 아뇨. ……마츠리에게 휘둘리는 건 익숙하니까 괜찮아요.”

그렇게 말하며 생긋 웃는 노엘은 마치 천사처럼 귀엽고 사랑스러웠다. 그에 비하면 마츠리는. 순진무구한 노엘이 왜 우리 동생과 사이좋게 지내고 있는 건지 아직도 의문이다.

“잠깐만 유이 오빠. 나도 손님이거든? 노엘만 챙기지 말고 나도 챙겨 줬으면 하는데?!”

“그래 그래, 어서 오세요, 손님. 비어 있는 자리에 마음껏 앉으세요.”

“그런 차별은 좋지 않다고 생각하거든?! 손님은 신인데 대우에 차별을 두는 건 좋지 않다고 생각해!”

마츠리가 뺨을 부풀리며 발을 구른다. 정말, 집을 나설 때는 시엘의 생방송을 늦게까지 보느라 분명 졸려 하는 기색이었는데 지금은 아주 기운이 넘치잖아.

"장난을 치러 온 거면 지금 당장 돌아가. 이러고 있는 지금도 점장님이 보내는 압력에 죽을 것 같다고."

힐끔 카운터를 곁눈질하자 점장님이 생글생글 웃고 있는 게 보였지만, 이마에 핏대를 세우며 '일하라'고 입을 움직이고 있었다. 마츠리와 여기서 더 얘기를 나눴다간 벼락이 떨어질지도 몰랐다.

"뭐, 장난을 치러 온 게 아니라고 말하면 거짓말이 되겠지만, 노엘이 꼭 와 보고 싶다고 해서!"

"엥, 노엘이 오고 싶다고 말했어?"

"죄송해요, 유이토 씨! 마츠리한테 억지를 부린 건 저예요. 유이토 씨가 일하는 모습을 보이길 싫어한다는 말은 들었지만, 제가 어떻게든 꼭 보고 싶어서……."

그리고 다시 죄송하다고 말한 뒤 노엘은 꾸벅 고개를 숙였다. 그 갸륵한 모습에 내 안의 죄책감이 나를 쿵 덮쳐 누르기 시작했다. 가녀린 어깨도 기분 탓인지 떨리는 것이, 그야말로 당장이라도 눈물을 터뜨릴 기색이다.

"내가 일하는 모습을 봐 봤자 딱히 재미랄 건 없을걸?"

"그렇지 않아요! 전에 마츠리가 유이토 씨가 일하는 사진을 보여 줬는데 그게 너무, 그…… 멋있어서…… 한 번이라도 좋으니 보고 싶다고 계속 생각하고 있었어요!"

노엘이 눈에 눈물을 매단 채 꺼질 듯한 목소리로 열심히 얘기한다. 멋있는지는 별개로 치고, 이렇게까지 말하는데도 안 된다고 거절할 만큼 내 마음은 옹졸하지 않다.

게다가 이미 비슷한 이유로 찾아온 선객이 있으니 한두 사람이 더 는다 해도 큰 차이는 없었다.

"명예를 위해 말해 두지만 오늘은 관두자고 나는 몇 번이나 말렸거든? 하지만 노엘이 꼭 가야 한다고 말을 듣지 않아서……."

"있잖아, 마츠리. 어째서 오늘은 안 되는 건데?"

"우, 움찔?!"

요즘은 만화에서도 좀처럼 보이지 않게 된 알기 쉬운 고전적인 리액션을 하는 마츠리. 이 반응이 의미하는 바는, 오늘 '마블'에 노엘이 오면 뭔가 좋지 않은 일이 벌어질 거라 예상했다고 생각하는 게 정답이리라.

그 원인으로 들 수 있는 건 하나밖에 없다. 어째서인지 내가 아침부터 가게에 있다는 사실을 알고 있어서 개점과 동시에 찾아온 오늘의 손님 제1호. 즉—.

"오쿠가와, 커피 한 잔 더 마실 수 있을까?"

카운터석에서 조용히 만화책을 보고 있던 히메미야가 눈앞에 있는 점장님이 아닌 나에게 일부러 주문을 요청했다.

"……혹시 몰라서 확인해 둘게. 히메미야한테 내 근무시간을 가르쳐 준 건 너지, 마츠리?"

반론을 허락하지 않는 압력을 언외에 실어 보내며 나는 마츠리를 추궁했다. 기본적으로 나는 화를 내지 않는 다정한 오빠지만 그 다정함에도 한도는 있다.

"아하하하…… 네, 범인은 저예요."

"마츠리는 내가 난처해하는 걸 보면서 낄낄거리고 싶어? 그런 짓궂은 성격이었어? 만약 그렇다면 나는 굉장히 슬플 거야."

“오, 오해야, 유이 오빠! 확실히 유이 오빠가 난처해하는 모습을 아주 조금, 살짝 보고 싶었던 건 인정하지만 이건 다 유이 오빠를 생각해서 한 일이었어!”

믿어 달라며 매달리는 마츠리를 나는 전력으로 떼어냈다. 무슨 생각을 어떻게 하면 히메미야한테 내 근무 시간을 전달하는 게 날 위하는 일이 되는 건지 전혀 이해할 수 없었다. 오히려 아침부터 가슴이 뛰고 점장님에게 화가 나는 등 역효과만 발생했던 것이다.

“있지, 오쿠가와. 사랑하는 여동생 마츠리와 얘기를 나누는 게 즐거운 건 알지만 내 주문을 무시하지 말아 줬으면 좋겠는데?”

히메미야가 뺨을 부풀리며 항의한다. 이 상황에서 적절하지 않다는 건 알지만 토라져서 화를 내는 히메미야는 과장을 빼고 말해도 엄청나게 귀여웠다. 사진을 찍어서 학교에 내다 팔면 한밑천도 벌 수 있을 것 같은데?

“유이 오빠, 내 생각에 여기는 ‘나만의 보물로 삼고 싶어서 그랬어.’라고 말할 대목 같은데?”

“진지한 얼굴로 이가 빠질 것 같은 대사를 말하지 마. 나는 네가 읽고 있는 순정 만화에 나오는 꽃미남이 아니라고. 그보다 내가 무슨 생각을 하고 있는지 아는 거야?”

“뭐, 그런 셈이지. 유이 오빠는 생각하는 게 다 얼굴에 보이니까. 아마도 히메미야 선배의 부루퉁한 얼굴을 사진으로 찍어 팔면 용돈벌이가 될 거라고 생각했겠지? 정말, 내 오빠지만 최악의 발상이야!”

“뭐, 확실히 그런 생각도 잠깐 하긴 했지만, 다른 녀석들에게 저 얼굴을 알려주는 것보다는 독점하고 싶다는 욕심이 더 크니까 말이지? 나밖에 모르는 히메미야의 본모습을 다른 남자에게 알려준다고 생각하면—."

배알이 꼴려, 라고 말하려던 찰나 자신의 실수를 그제야 깨달았다.

아무래도 무의식중에 머릿속으로만 하던 생각을 입 밖으로 내버린 모양이다.

"하아…… 유이 오빠는 정말 가끔 가다 얼간이가 된다고 해야 할지, 플러팅 장인이 된다고 해야 할지…… 잘도 본인을 앞에 두고 이가 빠질 것처럼 달콤한 말을 하네."

마츠리가 못 말리겠다는 듯이 과장되게 어깨를 으쓱인다.

분하지만 이번만큼은 아무런 반박도 할 수 없었다. 끽소리도 못 한다는 건 이걸 두고 하는 말이겠지. 히메미야가 못 들었기만을 바랐지만,

"정말…… 오쿠가와는 갑자기 엄청난 폭탄을 던진다니까. 설마 넌 나를 부끄러워서 죽게 만들고 싶은 사디스트야?"

그런 요행은 일어나지 않았습니다. 히메미야가 제대로 다 듣고 말았습니다.

뺨을 새빨갛게 물들이고 기쁜 듯이 입꼬리를 올린 채 몸을 배배 꼬며 다가온다. 지금의 히메미야는 교내에서 남녀를 불문하고 인기가 많은 훈남 미소녀 왕자님과 동일 인물이라고는 상상도 할 수 없었다.

"……저기요, 유이토 씨. 한 가지 궁금한 게 있는데 물어봐도 될까요?"

내가 속으로 창피함에 몸부림치고 있는데, 난데없이 등줄기가

얼어붙을 듯이 음울한 목소리로 노엘이 질문했다.

황급히 뒤돌아보자, 그곳에는 비스크 돌처럼 귀여운 미소녀가 아닌 보석처럼 아름다운 벽안을 새까맣게 물들인 악마가 서 있었다.

마츠리가 아차 하고 중얼거리며 얼굴에 손을 얹고 하늘을 올려다보기에 어떻게 된 일인지 설명해 달라고 말을 걸려 했지만,

"유이토 씨, 저쪽에 계시는 여자분은 누구신가요? 전에 나이가 솔로로 지낸 햇수라고 말씀하셨는데 혹시 연인인가요? 설마 저한테 거짓말을 하신 거였나요? 어떻게 된 거죠? 자세히 설명해 주세요."

노엘이 화가 난 게 명백한데도 생글생글 웃으며 갑자기 정중한 말투로 추궁하기 시작했다. 심지어 그녀의 눈빛은 최근에 반 아이들에게 받았던 살기 어린 눈빛이 산들바람으로 느껴질 만큼 바닥 없는 늪처럼 어둡고 무거웠다. 공포 게임에 등장하는 마지막 보스에게서 느껴지는 관록조차 보였다.

"지, 진정해, 노엘! 저 사람은 아직 유이 오빠의 연인이 아니니까! 전에 전화로 얘기했잖아? 엄청난 미소녀가 있다고!"

마츠리 기다려. 너는 입을 열지 않는 게 좋아. 이 상황에서 '아직 연인이 아니'라고 말하는 건 그냥 불에 기름을 뿌리는 거라고. 실제로 노엘의 얼굴은 점점 더 험악해지고 있다. 하지만 마츠리는 그 모습을 알아채지 못한 채 위로하려고 필사적으로 말을 꺼냈다.

"아아…… 그러고 보니 입학한 지 얼마 안 됐을 무렵에 연락처를 교환했다고 말했었죠. 그게 저분인가요?"

"그게 저 사람이야! 이름은 히메미야 카나데 씨야. 내가 다니는

아마노다테 고교에서 유명한 사람인데 유이 오빠랑은 그냥 같은 반 친구고, 왕자님으로 통하는 훈남 미소녀야!"

"그렇군요……. 마츠리의 말대로 확실히 저와는 다르게 성숙한 인상의 여자분이시네요. 하지만 벌어진 입을 다물 줄 모르는 저 얼굴은 왕자님이라기보다는 운명의 사람을 발견한 신데렐라 같은 데요?"

"저기…… 그건, 그…… 확실히 그렇긴 하지. ……응, 나도 그렇게 생각해."

노엘의 정론에 마츠리는 맥없이 백기를 들었다. 좀 더 버티라고.

"그럼 유이토 씨. 설명해 주실 거죠? 저쪽의 히메미야 씨와 정말로 어떤 관계이신 건지."

"아니, 나랑 히메미야는 딱히 그런 특별한 관계가……."

"오쿠가와, 상황이 이렇게 됐는데도 계속 숨기는 건 좋지 않다고 생각해."

부정하려는 내 말에 덧씌우듯 히메미야가 그렇게 말하며 마왕에게 단신으로 맞서는 여기사처럼 노엘의 앞에 섰다.

그 표정은 언제 얼이 빠져 있었냐는 듯 언제나처럼 당당했고, 입가에는 대담한 미소도 걸려 있었다.

"처음 뵙겠습니다. 내 이름은 히메미야 카나데라고 해. 잘 부탁해, 저기……?"

"저야말로 처음 뵙겠습니다. 유메노 노엘이라고 합니다."

"잘 부탁해, 노엘. 그래서 유이토와의 관계 말인데, 마츠리가 얘기했던 대로 올해부터 같은 반이 됐어. 지금은 자리도 옆이고. 연인은 아니지만 우리 집에 와서 함께 밥을 먹을 정도의 사이긴 해."

히메미야가 의기양양한 얼굴로 기고만장하게 말하며 가슴을 편다.

어째서냐고! 어째서 마츠리도 히메미야도 불에 기름을 약간도 아니고 18리터짜리 캔으로 들이붓는 것처럼 말하는 거야?! 쩔쩔매는 내가 그렇게 보고 싶어?! 그리고 아무렇지 않게 이름으로 부르는 것도 가슴이 떨리니까 그만해 주지 않으실래요.

"그러는 노엘도 유이토와 무슨 관계인지 가르쳐 줬으면 좋겠어. 보아하니 이 사람의 연인은 아닌 것 같은데?"

"제제제, 제가 유이토 씨의 연인이요?! 그그그, 그럴 리가 없잖아요?! 물론, 그렇게 되면 좋겠다는 망상, 아니 상상, 아니 생각은 여러 번 했지만요⋯⋯."

히메미야의 카운터 공격을 그대로 맞은 노엘은 몹시 당황하며 빠른 속도로 말을 꺼내기 시작했다.

필시 본인도 자기가 무슨 소리를 하고 있는지 모를 것 같아서, 나는 아무것도 듣지 않았던 셈 치자고 속으로 다짐했다.

"후훗. 그럼 나와 노엘은 라이벌이네. 이거 질 수 없겠는걸."

"저, 저도 지지 않을 거예요! 유이토 씨의 신부가 될 사람은 저라고요!"

솔직히 신부는 비약이 너무 심하다고 생각했지만, 여기서 내가 끼어들었다간 노엘의 패닉만 심해질 것 같으니 입을 다물고 있기로 했다.

"축하해, 유이 오빠한테도 드디어 모테키*가 왔네. 미소녀 둘에

* 인생에서 이성의 호감을 한 몸에 받는 시기.

게 호감을 받는 심정은 어떠신가요?"

파직거리며 불꽃을 튀기는 두 미소녀를 못 본 체하며 마츠리가 유쾌함에 얼굴을 일그러뜨린 채 팔꿈치로 내 옆구리를 쿡쿡 찔렀다. 남의 일이라고 생각하며 이 상황을 즐기고 있는 모습이 무척 아니꼬웠다.

"어떻기는 뭐가. 이게 모테키라는 거면 내 쪽에서 사절이야. 그보다 얼른 이 상황을 어떻게든 해 줘. 계속 이러면 일을 못 한다고."

"있지, 유이토. 그건 독신인 나더러 들으라고 하는 소리야? 사실 나는 인기가 많다는 어필? 확 때려 줄까?"

"……오해예요, 점장님. 정말로 단단히 오해하신 거라고요. 전 딱히 인기도 없고 어필도 안 했어요."

이마에 핏대를 세우고 얼굴에 거짓 미소를 지은 점장님이 부당한 말을 했다. 나는 즉시 반박했지만 점장님은 한숨을 쉬며 난처하다는 듯이 어깨를 으쓱였다.

"그럼 이 상황을 어떻게 설명할래? 어디를 어떻게 봐도 너를 두고 싸우는 미소녀 두 사람의 구도잖아."

"점장님 말이 맞아, 유이 오빠. 상황이 이런데도 계속 변명하는 건 꼴사납다고! 그리고 히메미야 선배랑 유이가 저렇게 구애하는데 대체 뭐가 불만인 거야!"

"아니, 이건 폭언에 폭어으로 응수하는 그런 거 아냐?"

실제로 노엘에게 말을 걸었을 때 히메미야는 왕자님 모드로 말투도 어딘가 작위적이었고, 노엘도 당황해서 아무 얘기나 막 뱉어낸 것뿐이다. 아무런 장점도 없는 나를 두 사람 같은 절세의 미소녀가 좋아하게 될 리 없으니까.

“여기까지 오면 둔감하다는 말로 끝날 문제가 아니네. 유이토의 자존감이 너무 낮아서 웃어넘길 수가 없어.”

“점장님도 역시 그렇게 생각하시죠? 유이 오빠의 유일하고도 가장 큰 결점이라니까요. ……자신보다 가족을 소중히 여기는 건 좋지만, 좀 더 스스로의 행복을 생각해 줬으면 좋겠는데…….”

점장님과 마츠리는 그렇게 말하며 깊은 한숨을 내쉬었다. 남에게 자랑할 게 없는 건 사실이고, 가족을 최우선으로 생각하는 건 당연한 일이잖아. 그게 뭐가 잘못인데.

“정말, 유이토가 이 상태면 저 둘이 고생이 많겠어. 마츠리, 힘내.”

“네! 제가 유이 오빠의 등짝과 엉덩이를 발로 차서라도 리얼충* 으로 만들고 말 테니까요! 그때가 오면 점장님께 중매인으로서 축사를 부탁드릴 테니까 각오해 두세요!”

“후훗, 알았어. 그날이 오면 꼭 내가 마이크 앞에 서 줄게. 과장해서 온갖 얘기를 다 할 테니까.”

성급하다는 말로도 부족한 얘기를 하지 말아 줬으면 좋겠다. 그리고 만에 하나 그런 일이 일어난다 해도 점장님에게 축사를 부탁하는 짓은 절대로 안 할 거다. 나는 그런 아무래도 좋을 다짐을 속으로 했던 것이었다.

＊ ＊ ＊ ＊ ＊

“그럼 점장님, 먼저 가 보겠습니다.”

“하루 종일 고생했어. 조심히 돌아가.”

---

* 연애, 결혼, 사회생활 같은 현실의 일에 충실한 사람. 혹은 커플을 말하기도 한다.

　시각은 저녁 6시를 지나가고 있었다. 알바를 시작한 이래 1, 2위를 다툴 만큼 험난한 하루였지만 그럭저럭 극복할 수 있었다. 그래도 심신이 모두 한계에 달했기에 오늘은 시엘의 방송을 보지 않고 일찍 잠들기로 하자.

　"안됐지만 그렇게 네 뜻대로 되지는 않을 거야, 유이토. 오늘 밤은 재우지 않을 테니까 각오해 두는 게 좋을걸?"

　아이돌의 퇴근을 기다리는 것처럼 가게 앞에 히메미야가 서 있었다. 석양을 등진 채 늠름한 얼굴로 멋진 대사를 입에 담는 모습은 그야말로 한 폭의 그림이었다.

　"……그건 원래라면 남자인 내가 할 대사지 히메미야가 할 말은 아니지 않아? 그보다 왜 가게 앞에 있어? 마츠리 일행이랑 같이 돌아간 거 아니었어?"

　수수께끼의 언쟁을 벌인 뒤 어째서인지 의기투합한 두 사람은 마츠리를 끼고 테이블 석에서 즐겁게 잡담을 나누기 시작했다.

　유감스럽게도 가게가 붐비기 시작하는 바람에 세 사람이 무슨 얘기를 나눴는지 듣지는 못했지만, 친해졌다면 그보다 좋은 일은 없었다. 어떤 얘기를 나눴는지는 집으로 돌아가서 마츠리에게 물어보면 된다. 순순히 얘기해 줄지는 알 수 없지만.

　"나도 집에 가려고는 했어. 하지만 도중에 읽고 있던 만화책의 최신간이 발매됐다는 게 생각나서 중간에 헤어졌지. 그길로 서점에 들렀다가 이것저것 구경하는 사이에 오쿠가와가 퇴근할 시간이 돼서 돌아온 거야."

　"……그래도 사실은 그게 아니지?"

　"사실은 오쿠가와랑 단둘이 있고 싶었어. 안 되, 려나?"

“……안 되진 않아.”

눈으로만 올려다보며 달콤하게 속삭이듯이 말하면 차마 거절하지 못하는 자신의 나약한 의지가 밉다. 이대로 가다간 진짜로 착각할 것만 같다.

“고마워, 오쿠가와. 그럼 돌아갈까.”

자, 하고 손을 내미는 히메미야. 이 동작이 무엇을 의미하는지 모르는 건 아니지만 혹시 몰라 물어보기로 했다. 내가 잘못 안 거면 큰일이니 말이다.

“저기…… 히메미야, 그 손은 뭐야?”

“정말, 굳이 물어보지 않으면 몰라? 아니면 굳이 말로 하게 해서 날 부끄럽게 만들려고 그러는 거야?”

“아니, 딱히 그럴 마음은…….”

“아니면 오쿠가와는 손을 잡는 것보다 이쪽을 원하는 걸까?”

에잇 하고 귀엽게 기합을 넣으며 히메미야가 내 팔을 껴안았다. 갑작스러운 행동에 내 머릿속은 과열을 일으키며 비명을 지른다.

옷감 너머로 느껴지는 히메미야의 마시멜로처럼 부드럽고 탄력 있는 매혹적인 과실의 감촉에 내 이성은 전멸 직전이다.

“잠, 히메미야?! 넌 정말 무슨 생각을 하는 거야?!”

“오쿠가와와 거리를 좀 더 좁히고 싶어! 기껏 옆자리가 됐는데도 오쿠가와는 무뚝뚝하지, 늘 앞자리의 타카나시랑만 얘기하고 나랑은 전혀 얘기해 주지 않는단 말야!”

부탁이니까 ‘말야’라고 말하면서 뺨에 공기를 넣지 말아 주세요. 너무 귀여워서 당장 끌어안고 머리를 쓰다듬고 싶어지잖아. 그런 욕구를 나는 실낱같은 이성을 총동원해 억눌렀다.

"그리고 오늘 만난 노엘도…… 나랑은 다르게 엄청 귀여운 애였고, 오쿠가와도 허물없이 대하는 것 같아서 부러워서…… 나도 오쿠가와를 이름으로 부르고 싶고 이름으로 불러 줬으면 좋겠는데……."

히메미야가 그렇게 말하며 고개를 숙이더니 코를 훌쩍인다. 마츠리나 노엘과 즐겁게 잡담을 나누는 줄 알았더니 속으로는 그런 생각을 하고 있었던 건가.

"그야 노엘과는 알고 지낸 지 거의 1년이 다 됐으니까. 게다가 마츠리의 친구이기도 하니까 여동생이 하나 더 있는 것 같아서 귀여운 거야. 하지만 히메미야하고는 아직 알게 된 지 한 달도 지나지 않았고, 제대로 대화를 나누게 된 것도 최근이잖아? 그래서 나도 어떻게 해야 좋을지 당황하고 있어."

"당황하고 있다는 건 무슨 뜻이야? 설마 나랑 같이 있는 게 귀찮다는 뜻이야?"

평소에는 위풍당당하게 행동하는 히메미야가 부정적인 사고로 약해져 있는 모습을 보자 이런 말은 좀 그럴지도 모르지만 비호욕이 화르륵 솟구쳤다.

"귀찮았으면 팔을 붙들린 시점에서 뿌리쳤겠지. 그저 내 입장에선 좀 더 시간을 들여서 친목을 다져 나가고 싶달까, 갑자기 팔짱을 끼면 착각해 버린다고 할까……."

요컨대 내가 하고 싶은 말은 단계를 밟아 나가자는 것이었지만, 그 뜻이 제대로 전달됐을지는 모르겠다.

"난 착각해도 전혀 상관없는데…… 그래도 오늘은 오쿠가와가 나랑 친목을 다지고 싶다는 말을 해 준 것만으로 만족할까 봐."

"납득했으면 슬슬 떨어져 주지 않을래? 슬슬 창피하다고 할까 이성이 한계라서……."

탐스러운 과실 사이에 낀 내 오른팔은 전에 없던 행복을 누리고 있었지만, 혹시라도 이 현장을 아는 사람에게 들킨다고 생각하면 마음이 불안해 견딜 수 없었다. 물론 이성도 슬슬 한계이기는 했지만 말이다.

"후훗. 그것과 이건 얘기가 다르지. 놓아 주기를 바란다면 내 부탁을 들어줄래?"

"……알았어. 들어줄게."

"경계하지 않아도 괜찮아. 아주 간단한 일이니까. 나도 노엘처럼 이름으로 불러 줬으면 하는 것뿐이야."

"……그건 지금만? 아니면 앞으로도 계속?"

내가 그렇게 묻자, 히메미야는 순간 놀란 얼굴을 하더니 고개를 숙이며 작은 목소리로 '계속으로 부탁드릴게요.'라고 중얼거렸다.

언제나 발키리처럼 당당하던 미소녀가 얼굴뿐만 아니라 귀까지 붉히며 기도하듯이 하는 요청을 거절할 수 있는 남자가 과연 있을까. 만약 있다면 가급적 빨리 내 앞으로 데려와 줬으면 한다. 한소리 해 줄 테니까.

"나도 노엘이나 마츠리처럼 오쿠가와와 거리를 좁히고 싶어. 그러려면 역시 서로 상대방을 이름으로 부르는 게 제일인 것 같아서……."

"음? 잠깐만 기다려. 방금 '서로'라고 말했어? 그럼 설마 앞으로 나를—."

"응……, 앞으로는 유이토라고 불러도 될까?"

심쿵!! 이라는 효과음이 내 머릿속에 울려 퍼진 듯한 기분이 들었다. 잔망스럽게 눈만 들어 애원하는 건 반칙, 금지된 기술, 치트다. 순순히 '응'이라고 고개를 끄덕이는 것 외의 선택지는 이 세상에 존재하지 않았다.

"에헤헤. 고마워, 유이토!"

석양을 등진 채 해바라기처럼 해맑은 미소를 짓고 있는 히메미야는 꼭 명화 속에서 튀어나온 여신처럼 아름다워 눈을 뗄 수 없었다.

이 미소를 차지할 수만 있다면 나는 뭐든 할 것이다. 그런 독선적인 욕망이 싹틀 만큼, 히메미야의 미소는 매력적이었다.

"그래서, 언제가 돼야 유이토는 나를 이름으로 불러 줄 거야? 불러 주지 않으면 떨어지지 않을 거다? 얼른 안 하면 불러 줘도 떨어지지 않게 될걸? 그래도 괜찮겠어?"

"알았어! 알았으니까 여기서 더는 달라붙지 마! 가슴으로 짓누르지 말라고!"

"마츠리한테 들었는데 유이토는 거유를 좋아한다며? 심지어 하나같이 의지가 되는 누님이 나오는 것들뿐이라지? 아쉽게도 나는 연상의 누님은 아니지만 그 밖의 조건들은 다 충족한다고 생각하는데, 어떻게 생각해?"

소악마처럼 히죽거리며 말하지 말라고! 하지만 히메미야는 사실 내 스트라이크 존 한복판을 관통하는 사람일지도 모른다고 냉정하게 고민하는 내가 있다는 게 몹시 분했다.

"자, 유이토. 어서 이름으로 불러 줄래? 아니면 유이토는 이렇게 계속 가슴에 눌린 채로 있고 싶은 음흉한 변태야?"

히메미야가 귓가에 달콤하게 속삭인다. 그 불안감이 서린 감미로운 음성을 듣자 등줄기에 짜릿한 전류가 샘솟고 뇌가 사고하는 것을 포기했다. 이대로는 안 된다.

"지, 진정해, 히메미야. 여기는 집이 아니라 밖이니까 이 이상은 곤란하다고!"

"그만두기를 바라면 1초라도 빨리 친근함과 애정을 담아서 내 이름을 부르면 되겠네. 쉬운 일이잖아?"

"으윽, 큭…… 알았어. 알았다고! 여러모로 한계니까 여기서 더는 놀리지 말아 줘, 카나데."

가차 없는 공격에 나는 결국 백기를 들고, 수치심에 몸부림치며 그녀를 이름으로 불렀다.

처음 의붓동생인 마츠리나 노엘의 이름을 입에 담았을 때는 아무 생각도 들지 않았는데 지금은 얼굴에서 불이 날 것처럼 부끄러웠다.

"자, 이름으로 불렀으니까 얼른 떨어져 줘!"

"한 번 더! 한 번 더 불러 줘! 그러면 만족할 수 있으니까!"

카나데가 제발이라고 말하며 내 어깨를 붙잡고 짤짤 흔들었다. 탐스러운 과실에서는 해방됐지만 거리가 가까운 건 여전했다. 슬슬 이 난감하기 그지없는 상황에 매듭을 짓고자 나는 한 차례 심호흡을 한 뒤 똑바로 그녀의 눈을 바라보았다.

"카나데, 아쉽지만 떨어져 주면 고맙겠어. 여기서 더 밀착했다간 나도 참을 수 없게 될 거야."

"뭐, 뭘 참을 수 없게 되는데?"

기대와 불안이 뒤섞인 복잡한 표정으로 카나데가 묻는다. 지금

밖에 없다. 실컷 놀림을 당해 온 복수를 해 주마.

나는 속으로 다시 한 차례 심호흡을 한 뒤 카나데의 턱에 살며시 손을 대고 휙 들어 올리며 말했다.

"카나데를 꼭 안고 싶어지는 거, 말이야. 그러니까 떨어져 줄 거지?"

"─??!! 으, 응…… . 알았어…… ."

금방이라도 머리에서 김이 푸슉 나올 것처럼 얼굴에서 목까지 새빨개진 카나데가 꺼질 듯한 목소리로 말하며 나에게서 몸을 뗐다.

다행이다, 이걸로 일단은 안심이네.

내가 생각해도 터무니없이 느끼한 대사긴 하지만 이렇게라도 하지 않으면 카나데는 계속 기고만장해서 나를 놀려댈 테니까. 그랬다간 내 안에 억눌려 있던 늑대가 깨어나 무슨 짓을 저지를지 알 수 없다.

"설마 유이토가 이렇게까지 할 줄이야…… 완전히 예상 밖이었어…… ."

"카나데가 자꾸 선을 넘으려고 해서 그런 거야."

"으윽…… 방금 유이토가 한 말, 녹음해 뒀으면 좋았을 텐데. 있지, 다시 한번 말해 주지 않을래?"

이름만 불러도 부끄러운데 이가 빠질 것처럼 달콤한 대사를 맨정신으로 말하는 건 무리다. 나는 러브 코미디의 주인공이 아니라고.

"좀 봐줘…… ."

그 뒤, 떼쟁이로 변해 끝내 발을 동동 구르기 시작한 카나데를 달래느라 또 한바탕 곤욕을 치러야 했다는 건 더 말할 필요도 없었다.

제5장 왕자님과 숙박 공부 모임(계획편)

4월 하순. 웬일로 가족이 전부 모여 아침 식사를 하며 TV를 보고 있는데 골든위크 특집 방송이 시작됐다.

"그렇구나, 이제 곧 골든위크구나……."

나는 토스트에 잼을 마구 바르며 혼잣말했다. 황금빛으로 반짝이는 대형 연휴가 눈과 코앞으로 다가오고 있지만 처량하게도 나의 일정은 백지다. 정해져 있는 일이라면 밤을 새고 실컷 늦잠을 자거나 적당히 알바를 넣어서 땀을 흘리는 정도다.

참고로 동생인 마츠리는 집에 틀어박혀 버튜버 시엘의 생방송을 본다고 한다. 그래도 괜찮은 거냐고, 여고생.

"저기, 올해도 엄마는 골든위크 휴가 없어?"

"아쉽게도 그렇게 됐어. 백중 정월이 다 뭐야, 연중무휴 블랙 체질이라 정말 너무 싫다니까."

무거운 한숨을 내쉬며 어머니—이름은 오쿠가와 아케미라고 한다—가 버터를 듬뿍 바른 토스트를 깨물었다.

"있잖아, 마츠리. 아빠 일정은 안 물어봐? 참고로 아빠의 골든위크 일정은 말이지—"

"그래, 그래. 어차피 거래처 사람이랑 접대 골프겠지? 말하지 않아도 알고 있으니까 괜찮아."

"딸이 너무 매정한데?! 유이토, 위로해 줘!"

"그건 나 말고 엄마한테 받으면 되잖아. 그보다 슬슬 자식한테서 독립하라고……."

퉁명스럽게 말하자 아버지—이름은 오쿠가와 모토아키라고 한다—는 축 어깨를 떨구며 눈물을 흘렸다.

아버지에게 마츠리는 눈에 넣어도 아프지 않을 만큼 사랑스러운 딸이니 좀 더 자신을 신경 써 주길 바라겠지만, 한창 사춘기로 돌입한 마츠리에게는 그 바람이 성가시기만 할 뿐이리라. 실제로도 침울해하는 아버지를 보며 못마땅한 얼굴을 하고 있으니 말이다.

"유이 오빠 말대로야, 아빠. 나도 언제까지나 어린애일 수는 없다고. 그리고 한 기업의 사장이 딸한테 관심을 못 받아서 안달하는 건 좀 그렇다고 생각하지 않아?"

집에서는 딸이 너무 좋아 어찌할 바를 모르는 아버지지만, 이래 봬도 실은 하나부터 회사를 일으켜 세우고 실적도 계속 상승세를 달리고 있는 유능한 사업가다.

IT서비스와 앱 개발을 주로 하는 회사라 자회사로 버튜버 전문 운영사무소를 두고 있다.

그런 아버지와 어머니가 처음으로 만난 건 버튜버 운영사무소 설립 스태프 모집 면접 때였다. 둘 다 배우자를 병으로 일찍 떠나보내고 혼자서 자식을 키우고 있었던지라 의기투합하는 데는 많은 시간이 걸리지 않았다.

참고로 어머니는 지금도 버튜버 운영사무소에서 매니저로 일하고 있다.

"둘 다 미안해. 올해는 꼭 쉬려고 했는데 바빠서 좀처럼 제대로 된 휴가를 낼 수가 없네. 이게 다 인력이 부족하기 때문이지만, 아무리 시간이 지나도 인원을 보충해 주지 않아서 말이야…… 힐끔."

"……정말로 미안하게 생각하고 있어."

어머니의 압박에 아버지가 순순히 고개를 숙인다. 이러니까 어느 쪽이 상사인지 모르겠네.

"나랑 네 아버지 둘 다 회사에서 숙식하게 될 것 같으니까 올해도 둘이서 사이좋게 지내. 친구를 불러서 밤새도록 파티를 열어도 괜찮아!"

"정말?! 그럼 노엘을 불러서 자고 가게 해도 돼?!"

어머니가 물론이지, 하고 윙크하며 대답했다. 너무 쉽게 허락하지 말아 줘. 마츠리 혼자 집에 있는 거면 몰라도 남자인 나도 같이 있다고?

사춘기가 한창인 남자 고등학생이 있는 집에 노엘 같은 미소녀가 자러 오는 건 좀 아니라고 생각한다. 무슨 일이 터지고 나서는 늦는 것이다. 뭐, 여동생의 친구에게 손을 대는 짓은 절대 하지 않을 거지만.

"하지만 노엘은 매년 골든위크에 가족끼리 해외여행을 떠나니까 자고 가는 건 어려울지도……."

"그렇게 누군가를 집에 부르고 싶어? 딱히 억지로 숙박 모임을 가질 필요는……."

"맞다! 히메미야 선배는 어때?! 그 사람이라면 부르면 반드시 와 줄 거야! 게다가 히메미야 선배는 시엘 덕질도 하잖아! 같이 생방송을 보면서 떠들 수 있으니까 일석이조! 아니지, 삼조 정도의 가치가 있어!"

"일석이조 얘기를 할 때가 아니야. 카나데를 우리 집에서 자게 하는 건 그야말로 백해무익이라고."

나는 어이없어하며 태클을 걸었지만, 처음 듣는 이름에 가십을 좋아하는 어머니가 반응했다. 최악이다.

"있지, 마츠리. 히메미야 선배라는 건 누구야? 혹시 유이토의 첫사랑? 아니면 이미 사귀고 있다거나?"

"히메미야 선배는 유이 오빠랑 같은 반 친구인데, 쿨하고 멋있어서 왕자님 같지만 아주 예쁜 미소녀야! 봄방학 때 치근거리는 남자들 때문에 곤경에 처해 있던 걸 유이 오빠가 구해줘서 첫눈에 반했다고 했어!"

아아, 뺨을 주홍빛으로 물들인 채 마츠리와 노엘 앞에서 적나라하게 이야기하는 카나데의 모습이 쉽게 상상이 된다.

"사진은?! 마츠리, 유이토한테 홀딱 반했다는 히메미야 선배의 사진은 없어?! 있으면 보여 줘!"

"엄마, 조금 진정해."

"진정할 수 있겠어?! 여태껏 연애의 ㅇ에도 흥미가 없었으면서 어느새 연인 후보를 만들었다니 어떻게 확인하지 않을 수 있겠어?!"

"훗훗훗. 엄마가 그렇게 말할 줄 알고 제대로 완벽하게 사진을 찍어 왔으니까 안심해!"

마츠리는 그렇게 말하며 재빨리 스마트폰을 조작해 찍은 사진을 화면에 표시하더니 의기양양한 얼굴로 내밀었다. 그곳에 담겨 있는 건 귀여운 고양이 귀와 수염 필터를 적용한 카나데가 웃는 얼굴로 피스 사인을 하고 있는 사진 한 장이었다. 이게 뭐야, 귀엽잖아.

"어머 어머, 세상에 세상에! 이 애가 유이토한테 첫눈에 반했다는 히메미야 선배야?! 너무 귀엽다!"

"그치 그치?! 노엘도 천사 같아서 엄청 귀엽지만 히메미야 선배는 여신님처럼 예쁜 사람이야! 학교에서 우연히 만날 때는 늠름하고 어른스러운데, 유이 오빠랑 대화할 때는 소녀처럼 수줍어해서 엄청 귀여워!"

마츠리와 어머니가 두 손을 뺨에 대며 새된 비명을 지른다. 아직 이른 아침인데도 여성진의 텐션은 이미 최고조에 달한 듯했다. 이렇게 되면 더는 손을 쓸 수가 없다.

"이런 귀여운 애가 유이토한테 첫눈에 반하다니…… 세상일은 정말 어떻게 될지 모르는 거구나."

더 좋게 말할 수도 있을 텐데 친아들을 그런 식으로 말하는 건 너무하지 않나 싶었지만, 나 자신도 아직 당혹스러워하는 중이었기에 분하지만 아무런 반박도 하지 못했다.

"유이토는 히메미야를 어떻게 생각하고 있으려나? 좋아해?"

"헐! 엄마는 대놓고 물어보네. 좀 더 탐색 같은 건 안 해?"

"이런 일에선 에둘러 물어보는 것보다 정면으로 승부하는 게 제일이야. 자. 유이토. 슬슬 시간도 위험해지고 있으니까 얼른 대답해!"

불쑥 얼굴을 들이대는 어머니와 히죽거리며 음흉한 미소를 짓는 마츠리. 그리고 수수방관하는 아버지. 빠져나가려면 대답을 하는 수밖에 없는 이 상황은 그야말로 사면초가다. 하지만 우는소리를 해 봤자 해결되는 건 없다.

나는 크게 심호흡을 한 뒤 힘겹게 말을 짜냈다.

"카나데를 좋아하는지 아닌지 물어본다면 내 대답은 '아직 모른다'야. 이런 경험을 해 보는 건 아무래도 처음이니까. 나도 이래저래 당황하고 있어."

어차피 나는 연애 경험이 거의 없다. 가족에게 느끼는 호감 외의 감정이 어떤 것인지 잘 알지 못했다.

그래도 이것만큼은 확실히 말할 수 있다. 카나데에게 품고 있는 감정은 태어나서 처음 느끼는 것이다. 만약 그게 사랑이라고 한다면, 나는 분명—.

"둘 다 그쯤 해 둬. 여기서 더 추궁했다간 유이토가 과열로 쓰러져 버릴지도 모른다고?"

절체절명의 궁지에서 설마 했던 원군이 나타났다. 아버지, 고마워.

"끄응…… 사실은 좀 더 꼬치꼬치 물어보고 싶지만 네 아버지 말이 맞긴 해. 지금은 아들의 첫사랑을 얌전히 응원하기로 할게. 마츠리도 그걸로 만족하지?"

"난 사실 언제부터 히메미야 선배를 '카나데'라고 부르게 됐는지 묻고 싶었지만 엄마가 그렇게 말한다면 참을게."

이것 참. 이제야 겨우 차분하게 아침 식사를 할 수 있겠네. 갓 구워져 있었던 빵은 완전히 식어 버렸지만 받아들이는 수밖에 없나.

"유이토, 아빠가 한 가지만 당부해도 될까?"

"……뭔데?"

"히메미야의 호의를 이용해 그 애를 울릴 만한 행동만은 절대로 하면 안 된다, 알겠지?"

아버지의 표정은 진지 그 자체였다. 그 눈동자에는 살기와도 닮은 강한 감정이 담겨 있어서, 혹시라도 그녀를 울리는 괘씸한 짓을 저질렀다간 절대 용서치 않겠다는 무언의 압력을 내뿜고 있었다.

마츠리에게 홀대를 당하며 한숨짓던 한심한 아버지가 이렇게 진지한 얼굴을 하는 건 처음 봤다. 하지만 나는 놀라기는 했어도 주눅 들지 않고, 아버지의 눈을 빤히 보며 단호히 말했다.

"알고 있어. 그 애를 슬프게 만드는 일은 없을 거야. 절대로."

"하아…… 말은 멋지게 하면서 좋아하는지 아닌지는 모른다니…… 유이 오빠의 연애 레벨은 초등학생 이하네."

어이가 없다는 듯이 탄식하며 어깨를 으쓱이는 마츠리에게 손날을 떨구는 걸 참느라 얼마나 고생했는지 모른다.

＊＊＊＊＊

아침부터 생각지도 못한 심문을 받은 탓에 체력을 몽땅 빼앗겼다. 이제부터 긴 하루가 시작될 텐데 우울하다.

"엇, 내 골든위크 일정?"

새 학기가 시작된 지 한 달이 다 되어 간다. 마츠리와 함께 등교하는 건 그나마 낫다고 쳐도 오늘은 어째서인지 알 수 없지만 카니데도 함께 나란히 걷고 있었다.

우연히 혼자 걷고 있던 카나데를 발견한 마츠리가 말을 걸었는데, 과연 이 합류는 정말로 우연인 걸까.

"네! 혹시 시간이 되신다면 저희 집에 자러 오지 않으실래요? 골든위크 동안 부모님은 일 때문에 집에 없을 거거든요. 아무 데도 못 나가고 유이 오빠랑 집에서 지내는 것도 나쁘지는 않지만 그게 일주일이면 아무래도 좀…….”

“그래서 누군가가 와 줬으면 한다는 거네. 심지어 휴일이라 자고 가도 된다는 거지?”

“역시 히메미야 선배, 이해가 빠르셔서 좋네요! 자고 가는 건 엄마랑 아빠한테 허락을 받았으니까 안심하세요!”

주먹을 꾹 쥐며 힘차게 말하는 마츠리의 머리에 나는 가차 없이 손날을 떨어뜨렸다. 이 얘기의 어디에 안심할 수 있는 요소가 있다는 거야. 그리고 카나데를 부르는 건 ―주로 내 이성에― 해밖에 안 된다고 분명히 말했는데! 네가 무슨 세 걸음만 걸어가도 다 잊어버리는 병아리야?!

“흐음…… 그 말은 유이토와 한 지붕 밑에서 하룻밤을 보낸다는 뜻이겠네? 그런 걸로 이해해도 될까?”

“그런 걸로 이해하셔도 문제없어요!”

“문제밖에 없고 그런 식으로 받아들여도 곤란하거든?!”

카나데와 한 지붕 밑에서 하룻밤을 보낸다는 생각만 해도 머리가 끓어오르는 것 같다. 뭐, 내가 얌전히 방 안에 틀어박혀 있기만 하면 아무 일도 일어나지 않겠지만.

“왜 안 돼?! 나는 히메미야 선배랑 시엘을 주제로 밤새 뜨겁게 대화를 나누고 싶다고!”

“억지 부리지 마. 애초에 카나데한테도 이것저것 일정이 있을 텐데, 그런 걸 다 무시하고 얘기를 진행하면 안 되지.”

나는 그렇게 말하며 다시 마츠리의 머리에 딱 소리 나게 손날을

떨궜다. 그리고는 카나데에게로 시선을 보내며 꾸벅 고개를 숙였
다.

"미안, 카나데. 전부 마츠리의 헛소리니까 신경 쓰지 마. 아니
다, 잊어 줘."

"미안하지만 그건 약속할 수 없겠어. 사실 나도 마츠리랑 언제
한 번 시엘에 대해서 제대로 얘기를 나눠보고 싶다고 생각하던 차
였거든."

"……뭐? 카나데, 너 무슨 소릴 하는 거야?"

"후훗. 이미 알고 있잖아? 올해 골든위크는 유이토의 집에서 신
세를 지겠다고. 하룻밤이든 이틀 밤이든 얼마든지 얘기하자, 마츠
리."

"역시 히메미야 선배! 선배라면 그렇게 말할 줄 알았어요! 이걸
로 올해 골든위크는 지루하지 않게 보낼 수 있겠네요!"

마츠리가 만세를 외치며 기뻐서 폴짝거렸다. 부끄러우니까 사
람들이 오가는 길에서 시끄럽게 떠들지 말아다오.

"남자 집에 놀러 가는 것도 자러 가는 것도 처음이라 나도 벌써
부터 기대돼. 아, 자고 갈 준비를 해야 하나?"

"걱정 마세요, 히메미야 선배. 필요한 파자마 같은 건 제 쪽에서
귀여운 걸로 준비해 둘 테니까요! 당일엔 빈손으로 오셔도 되요."

"고마워. 그럼 호의를 감사히 받기로 할까. 앗, 그래두 역시 빈
손으로 갈 수는 없겠다. 속옷 같은 것도 필요하니까."

"……그러게요. 속옷만큼은 직접 준비해 주시면 정말 감사할 것
같아요. 주로 제 정신적인 의미로……."

마츠리가 한껏 들떠 있던 상태에서 급강하해 우중충한 오라를

내뿜기 시작했다. 양손을 자신의 가슴에 대더니 교복에 가려져 있어도 알 수 있는 카나데의 풍만한 과실과 비교하며 무겁게 가라앉은 한숨을 내쉬었다.

"젠장…… 매일 자기 전에 우유를 마시고 있는데도 어째서 내 가슴은 커지지 않는 거야?! 가르쳐 줘, 유이 오빠!"

"착하지, 살짝 입을 다물어 볼까? 그런 건 통학로에서 외칠 내용이 아니잖아? 그리고 나한테 묻지 마. 그런 건 카나데한테 물어보라고."

"나한테 물어봐도 곤란한데?! 나보다 더 굉장한 후미카한테 물어보는 게 낫지 않을까?!"

내 억지스러운 떠넘기기에 천하의 카나데도 가볍게 패닉을 일으켰다. 확실히 시이나는 카나데 이상의 흉부 장갑을 갖고 있긴 하지.

"제가 보기엔 히메미야 선배도 충분히 거유예요! 비결은 뭔가요? 규칙적인 생활인가요? 아니면 사랑을 한다든가? 연인이 만져 주면 커진다는 얘기는 진짜인가요? 설마 벌써 유이 오빠랑 그런 관계가……?!"

마츠리의 폭탄 발언에 걷고 있던 학생들이 놀라서 일제히 시선을 보냈다. 심정은 이해한다. 내가 같은 입장이었어도 똑같이 멈춰 서서 얘기를 엿들으려고 했을 테니까.

"마츠리?! 무무무, 무슨 소리를 하는 거야?! 나랑 유이토는 아직 그런 관계가 아니고, 무슨 일에든 순서라는 게 있는 법이니까…… 나는 일단 손을 잡는 것부터 시작해서 키스를 하고, 그리고 언젠가는…… 이라니 무슨 소리를 하게 만드는 거야! 유이토 이 바보!"

"여기서 날 물고 늘어지는 건 너무 부당하지 않아?!"

카나데가 얼굴을 새빨갛게 붉히며 내 어깨를 퍽퍽 때렸다. 은근히 아프니까 그만했으면 좋겠다. 그리고 망상을 입에 담을 거면 좀 더 소리를 죽여 달라고. 덕분에 나를 향해 쏟아지는 질투의 압박감이 심상치 않으니까.

「이봐, 방금 히메미야가 한 말 들었어? 오쿠가와랑 무슨 관계인 거지?」

「같이 등교하는 시점에서 수상했지만, 손을 잡는다든가 키스 얘기까지 한다는 건…… 설마 히메미야가 좋아하는 사람이란 게?!」

「귀여운 여동생을 거느린 걸로도 모자라 히메미야까지…… 용서 못 해, 오쿠가와 유이토오!!」

남학생들이 질투를 활활 불태운다. 최근에야 진화돼서 조용해졌는데 원래대로 돌아가기는커녕 더 악화되게 생겼다.

「히메미야가 사랑에 빠진 소녀의 얼굴을 하고 있어. ……너무 귀여워.」

「일단 손을 잡는 것부터 시작하고 싶다니…… 히메미야는 의외로 순진하네. ……너무 귀여워.」

「좋겠다……. 나도 근사한 사랑을 하고 싶어…….」

반면에 여학생들은 뺨을 주홍빛으로 물들이고는 어쩐지 황홀한 표정으로 카나데를 쳐다보며 잠꼬대처럼 '귀여워'를 연발하고 있었다. 음, 이쪽은 이쪽대로 뭐라 말할 수 없는 오싹함이 있는걸.

못 들은 걸로 하자.

“자자. 진정하세요, 히메미야 선배. 유이 오빠랑은 이번에 자고 가면서 더 가까워지면 되죠. 미력하나마 저도 도와드릴 테니까요.”

“마츠리……. 응, 고마워. 너한테 받은 이 기회를 절대 헛되게 만들지 않을게!”

“바로 그 자세예요, 히메미야 선배. 자세한 건 나중에 다시 얘기해요! 그럼 저는 이만 가 볼게요. 유이 오빠, 히메미야 선배를 제대로 에스코트하는 거야!”

마츠리는 마지막으로 아듀 라는 말을 남기고는 질풍처럼 우리들 앞에서 떠나갔다. 에스코트고 자시고 교문이 벌써 눈앞이다. 대체 뭘 하라는 거야.

“그럼 마츠리의 말에 힘입어…… 유이토, 손을 빌려도 될까?”

“응, 안 돼. 안 그래도 눈에 띄고 있는데 손을 잡았다간 어떻게 될지 말 안 해도 알겠지?!”

게다가 카나데의 손을 내미는 동작은 굳이 말하자면 왕자님의 그것에 가까웠고, 동작도 아주 그럴싸해서 조금 분했다.

“글쎄, 나는 어떻게 될지 상상이 안 가는데. 애초에 유이토는 주위의 시선을 너무 신경 쓰고 있어. 당당하게 행동하면 아무 말도 하지 않을걸.”

“유감스럽게도 내 멘탈은 카나데랑 달라서 두부처럼 여리거든. 이렇게 함께 걷고 있는 것만으로도 너덜너덜하다고.”

내가 한숨을 쉬며 어깨를 으쓱이자, 뭐가 재밌는지 카나데는 키

득거리는 웃음소리를 흘리며 이렇게 말했다.

"나를 이름으로 부르는 건 괜찮은 것 같아서 안심했어."

"……아차."

지적당했을 때는 이미 늦어 있었다. 주위에서 쏟아지는 시선이 한층 더 날카로워져서, 나는 도망치듯이 교문을 통과했던 것이었다.

＊ ＊ ＊ ＊ ＊

점심시간. 나는 식당에서 쥬리, 카나데, 시이나, 그리고 마츠리까지 다섯 명이서 점심을 먹고 있었다. 이 멤버는 이제 고정이군. 마츠리도 카나데와 시이나에게 여동생처럼 귀여움을 받으면서 잘 융화됐고.

"그럼, 유이토. 이제 슬슬 들어 보도록 할까? 넌 언제부터 히메미야랑 친밀한 관계가 된 거야?"

정면에 앉아 있던 쥬리가 '대답할 때까지 절대 놓아주지 않겠다'고 말하는 듯 예사롭지 않은 결의를 담은 눈동자로 내 어깨를 덥석 붙잡고 추궁했다. 뭐, 아침부터 계속 물어보고 싶은 눈치로 기회만 엿보던 걸 강철 같은 의지로 철두철미하게 무시하고 있었으니까.

"……무슨 소리야?"

나는 모르는 척 카레를 입으로 옮기며 빈말로 시치미를 뗐지만 지금의 쥬리에게 그런 농담은 통하지 않았다. 절친은 미소 뒤에 분노가 느껴지는 유쾌한 얼굴로 내 어깨에 손가락을 콱 박아 넣었다. 평범하게 아프다.

"상황이 이런데도 시치미를 떼다니 배짱이 두둑한걸? 서로를 성이 아닌 이름으로 부르는 사이면서 친밀하지 않다고 말하는 거야?"

"타카나시 말이 맞아, 카나데. 어느새 오쿠가와랑 러브러브한 사이가 된 거야? 나, 못 들었어!"

테이블을 탕탕 두드리며 항의하는 소리를 낸 것은 쥬리 옆에 앉아 있던 시이나였다. 참고로 내 양옆에는 카나데와 마츠리가 앉아 있다.

"잠깐만 진정해, 후미카. 어디를 어떻게 봤길래 나랑 유이토가 러브러브한 사이가 된 거야? 전혀 그렇지 않다고 생각하는데?"

"그런 거 맞거든! 적어도 카나데가 오쿠가와의 이름을 부를 때는 사랑에 빠진 소녀의 얼굴이 되고 있다고! 시치미를 떼고 싶거든 좋아 죽겠다는 오라를 조금이라도 숨기라고, 이 바보야!"

"무무무, 무슨 소리를 하는 거야, 후미카?! 나는 그런 오라 따윈 내보내고 있지 않다고! 이상한 소리 하지 말아 줘!"

퉤 하고 침을 뱉듯이 시이나가 말하자 카나데는 순간 전기주전자처럼 얼굴을 붉히더니 테이블에서 몸을 내밀며 반박했다.

"교과서를 깜빡했다고 말하면서 당당하게 오쿠가와랑 밀착하고, 오쿠가와가 모르는 부분을 가르쳐 준 건 어떻게 설명한 건데? 우리가 눈치채지 못할 줄 알았어?"

카나데는 서로를 이름으로 부르게 되고 나서부터 이따금 교과서를 깜빡하곤 했는데, 설마 그게 우연이 아니었다고? 어쩐지 기쁜 듯한 미소를 지으면서 자리를 붙이길래 이상하다는 생각은 했었지만.

"그그그, 그럴 리가 없잖아! 나는 정말로 교과서를 깜빡해서 유이토한테 보여 달라고 한 것뿐이라고!"

"끝까지 시치미를 떼시겠다? 그럼 오늘 카나데가 놓고 온 영어 교과서가 가방 안에 들어 있을지 없을지 확인해 볼까? 아니면 사물함 안이려나?"

"……."

입꼬리를 씩 올리는 시이나를 범인을 추궁하는 명탐정이라고 치면, 시선을 딴 방향에 둔 채 식은땀을 흘리며 입을 꾹 다문 카나데는 범행을 폭로 당한 불쌍한 범인이라고 말해야 할까. 침묵은 금이라는 건 정말이지 맞는 말이다.

"정말. 학교는 배움의 터전이거든? 점심시간이나 방과 후면 몰라도 수업 중에 꽁냥거리는 건 좀 아니라고 생각하지 않아?"

"으으…… 유이토, 도와줘! 후미카가 무서워!"

"아니지, 시이나의 말은 입이 열 개라도 할 말이 없는 정론이라고 생각하는데? 교과서가 있는데도 놓고 온 척하면 안 되는 게 맞고, 그 때문에 나는 남자애들이 보낸 증오의 시선에 살해당하는 줄 알았다고?"

우는 시늉을 하며 도움을 요청하는 카나데를 내가 마음을 굳게 먹고 뿌리치자, 그녀는 '유이토 이 냉혈한!' 하고 한탄했던 것이었다.

"있지, 타카나시. 우리가 대체 뭘 보고 있는 거지? 반성할 마음은 있는 걸까?"

"그러게, 뭘까? 신혼부부의 풋풋한 대화나 뭐 그런 거 아닐까?

마츠리는 어떻게 생각해?"

"저요? 두 사람의 대화를 듣고는 어째서 유이 오빠와 히메미야 선배가 사귀지 않는 상태인 건지 한층 더 의문이 깊어졌어요."

세 사람은 한목소리로 동의하더니 어깨를 떨구며 한숨을 내쉬었다.

"그래도 안심하세요. 이 돌파구가 보이지 않는 답답하고 달콤한 두 사람의 관계를 이 저, 오쿠가와 마츠리가 골든위크를 풀로 활용해서 타파해 내고 말 테니까요!"

마츠리가 불끈 주먹을 쥐며 소리 높여 그렇게 선언하자 식당 안이 단번에 술렁이기 시작했다. 쥬리와 시이나도 예외 없이 날카로운 눈빛으로 바라보며 흥미진진한 표정을 지었다.

"있잖아, 마츠리. 벽창호인 오쿠가와와 연애 편차치 0에 사랑에 환상을 갖고 있는 소녀 카나데의 관계를 어떻게 진전시킬 거야?"

"그야말로 한 지붕 밑에서 동거를 시작한다 같은 극약 처방을 하지 않으면 유이토는 가망이 없을 거라고 나는 생각하는데 말이야."

나에 대한 평가는 그렇다 쳐도, 시이나의 카나데에 대한 평가가 너무나도 혹독해서 절로 동정심이 들었다.

그리고 쥬리의 예리한 감에는 솔직히 놀랐다. 집에 와서 며칠 자고 가는 것도 나에게는 극약이나 다름없으니 말이다.

"훗훗훗. 뭐, 저한테 맡겨 주세요. 연휴 동안에 두 사람을 골인으로 인도하고 말 테니까요!"

"그거 기대되는걸. 하지만 혹시라도 정말로 골인을 하게 된다면 이 학교에서는 유이토의 자리가 사라지게 될 수도 있겠네."

"그러게……. 카나데는 남녀를 불문하고 인기가 많으니까 정말로 교제를 시작한다면 큰일이 날지도 몰라……."

"둘 다 불길한 소리 그만해……. 카나데도 뭐라고 말 좀 해 주지 않을래?"

나는 어깨를 움츠리며 옆에 앉은 카나데에게 도움을 요청했다. 하지만 내 옆에 앉아 있는 미소녀는 어째서인지 입가에 대담한 미소를 지으며 내 어깨에 툭 손을 올리더니,

"후훗. 안심해, 유이토. 너는 내가 지킬 테니까."

별똥별처럼 반짝이는 윙크를 날리며 그렇게 말했다. 그 순간, 식당에 있던 여학생들 사이에서 새된 비명이 울려 퍼졌다.

느끼한 대사인데도 카나데의 얼굴이 동화처럼 멋져서 나는 급격히 밀려드는 부끄러움에 무심코 고개를 돌렸다. 그런 내 모습을 본 쥬리와 시이나가 아마도 몇 번째가 될 한숨을 내쉬었다.

"하아…… 역시 히메미야라고 해야 할지, 유이토가 한심하다고 해야 할지. 이래서야 누가 공주님인지 모르겠네."

"으음…… 그래도 카나데랑은 친구로 1년을 지냈지만, 저런 식으로 웃는 건 처음 봤을지도……."

"과연, 사랑의 힘은 왕자님을 공주님으로 바꿀 만큼 위대하다는 거네. 다만 그 끝이 어떻게 될지는 유이토에게 달린 셈인가. 힘내, 인기남."

시끄러워, 닥쳐. 남의 일이라고 선력으로 즐기고 말이야.

"거기 두 사람, 골든위크를 만끽하는 건 상관없지만 연휴가 끝나면 바로 시험이 있다는 걸 부디 잊지 말아 줘."

"……엥?"

마츠리가 시이나의 충고에 들고 있던 젓가락을 떨구며 세상이 끝난 것 같은 표정을 짓는다. 뭐, 저런 반응이 보통이긴 하지.

"그렇구나. 마츠리는 아직 담임 선생님한테 못 들은 모양이네. 우리 학교 중간고사는 골든위크 다음 주에 실시돼."

카나데가 쓴웃음을 지으며 설명했지만 과연 마츠리의 귀에 들어갔을지 모르겠다. 시험 따위에 절망하지 말라고 말하고 싶지만 마음은 아플 만큼 이해가 간다. 나도 작년에는 비슷한 심정이었으니 말이다.

"하지만 그런 만큼 시험 범위는 그렇게까지 넓지 않으니까 너무 비관할 필요는 없어…… 잠깐만 마츠리, 괜찮아?"

"황금 주간이…… 내 일탈 계획이 물거품처럼 사라져 간다……."

마츠리가 잠꼬대하듯 중얼거리며 테이블 위에 엎어졌다.

내 여동생이 자주 하는 유쾌한 리액션이지만, 처음 보는 카나데와 시이나는 그저 당혹스러워하고 있다. 참고로 쥬리는 작년에 우리 집에 놀러 왔을 때 목격해서 익숙해졌다.

"제길…… 골든위크 정도는 공부하지 않고 마음껏 지낼 수 있을 줄 알았는데……! 이게 어른들의 방식인가! 젠자앙!"

마츠리가 리액션에 특화된 개그맨처럼 울부짖으며 탕탕 테이블을 두드린다. 시이나는 정색하며 뺨을 굳혔고, 쥬리는 배를 움켜쥐며 웃었다. 하지만 카나데는 턱에 손을 대며 생각에 잠긴 기색이다. 대체 무슨 생각을 하고 있는 거지?

"그렇지, 좋은 생각이 떠올랐어! 있잖아, 마츠리. 골든위크에 나랑 같이 시험 공부를 하는 건 어때?"

이게 바로 하늘의 계시라고 말하듯이 카나데가 제안했다. 이 말만 들으면 학년 톱의 성적을 자랑하는 카나데가 임시 가정교사가 되어 고민하는 후배에게 공부를 가르친다는 훈훈한 얘기 같지만, 내 감이 말하고 있다. 이걸로 끝날 리가 없다고.

"히메미야 선배랑 시험공부를요? 그건 숙박 모임 때 하는 건가요?"

"응. 숙박 모임에서 하루 종일 노는 것도 나쁘지 않지만 시험도 중요하니까. 시엘의 방송이 시작되기 전까지 같이 공부하는 거지."

카나데는 그렇게 말하며 생긋 미소 지었다. 그 모습은 명화에 그려진 여신님처럼 가련하고 자애로 가득 차 있었다.

"……알았어요. 히메미야 선배가 그렇게 말한다면 숙박 모임에 공부하는 시간을 포함시켜 둘게요. 유이 오빠도 끼워서 셋이서 하죠!"

"그러게. 모르는 부분이 있으면 유이토 오빠한테 가르쳐 달라고 하자♪"

카나데에게 '유이토 오빠'라고 불려서 하마터면 의식이 하늘로 날아갈 뻔했다. 오빠라고 불리는 데 내성이 있어서 치명상으로 그쳤지만, 그렇지 않았다면 지금쯤 어떻게 됐을지.

"학년 수석인 카나데한테 가르칠 건 아무것도 없어. 오히려 내가 카나데한테 가정교사가 돼 달라고 부탁하고 싶을 정도라고."

"그럼 내가 유이토한테 이것저것 하나하나 친절하고 꼼꼼하게 가르쳐 줄게. 걱정 마, 살살 할 테니까."

여신님에서 소악마로 전직한 카나데가 할짝 입술을 핥으며 요염하게 미소 짓는다. 아무리 나라도 이 매혹적인 미소에 대한 내성은 보유하고 있지 않았기에 꿀꺽 군침을 삼켰다.

아니지, 진정하는 거야, 오쿠가와 유이토! 카나데한테 배우는 건 공부지 그 이상도 이하도 아냐. 이상한 생각 하지 말라고!

"후훗, 유이토가 원한다면 공부 말고 다른 것도 이것저것 가르쳐 줄·게."

그만해! 뜨겁고 달콤한 숨결을 불어 넣지 말라고! 단둘이면 몰라도 여기는 학교의 식당, 사람들이 다 보는 앞이라고?! 귀에 숨결을 불어 넣어도 되는 장소가 아냐!

"있잖아, 시이나. 이 두 사람 정말로 사귀지 않는 거지? 속이 뒤틀릴 만큼 꽁냥거리는 걸로도 모자라서 자고 갈 계획까지 세우고 있는데도 사귀지 않는 거지?"

"굳이 전부 말할 필요는 없어, 타카나시. 카나데는 골든위크에 오쿠가와의 집에 자러 갈 예정인 것 같지만, 그래도 두 사람은 사귀고 있지 않아."

"말과 행동의 괴리가 너무 심해……. 나는 이제 네 말은 아무것도 믿지 않을 거야, 유이토."

나쁜 건 내가 아니라 마츠리와 카나데라고 속으로 아무리 외쳐 봤자 소용없겠지.

그저 카나데가 우리 집에 자러 온다는 사실을 쥬리와 시이나밖에 듣지 못한 것 같다는 게 불행 중 다행이다. 만약 다른 사람들이 들었다면 어떻게 됐을지.

"오쿠가와, 카나데가 자러 오면 흥분되겠지만, 부디 도를 넘지 않도록 해, 알겠지? 할 때는 제대로 착용하는 거다?"

"시이나의 말이 맞아. 착용하지 않고 충동적으로 하면 안 돼, 알겠지? 그랬다간 나는 너랑 인연을 끊을 테니까."

"거기까지. 둘 다 슬슬 입을 다물어 볼까?"

복장이 터진다는 건 바로 이 상황을 두고 하는 말이겠지. 대낮부터 음담패설을 입에 담는 쥬리의 머리에 전력으로 손날을 떨궜다. 정말이지, 내가 무슨 발정 난 원숭이인 줄 아나? 아무리 초절정 미소녀인 카나데가 우리 집에 자러 온다고 해도 그런 짓을 할 리가 없잖아.

내가 기가 막혀 한숨을 쉬고 있는데, 카나데가 콕콕 어깨를 두드렸다. 그대로 귓가에 얼굴을 댄 그녀가 녹아내릴 듯이 달콤한 목소리로 이렇게 속삭였다.

"나는 언제든지 환영이니까, 유이토."

정말, 좀 봐 달라고.

제6장 왕자님과 숙박 공부 모임(실행편)

그로부터 며칠 뒤.

눈 깜짝할 사이에 골든위크로 돌입해서 카나데가 우리 집에서 자고 가는 날이 오고야 말았다. 그 손에는 1박 2일용인 것 치고는 조금 큰 가방과 종이봉투가 들려 있었다.

"오쿠가와 가에 온 걸 환영해. 네가 말로만 듣던 히메미야 카나데구나! 나는 유이토와 마츠리의 엄마인 오쿠가와 아케미란다. 잘 부탁해!"

"처, 처음 뵙겠습니다! 저는 유이토―오쿠가와와 같은 반 친구인 히메미야 카나데라고 해요. 오늘과 내일 양일간 신세를 지겠습니다. 잘 부탁드릴게요, 아주머니!"

살짝 떨리는 목소리로 말하며 카나데는 꾸벅 고개를 숙였다. 무리도 아니다. 나도 친구네 집에 놀러 가서 그 친구가 아니라 부모님과 맞닥뜨리게 됐다면 긴장했을 테니까.

그런데 카나데가 어쩌다 어머니와 마주치게 됐는가. 그 흉계를 꾸민 하수인은 내 옆에서 팔짱을 낀 채 어머니와 얘기를 나누고 있다.

"그나저나…… 마츠리와 유이토한테 히메미야 얘기는 많이 들었지만 설마 이 정도일 줄이야……."

"나도 처음 히메미야 선배를 만났을 때는 너무 예뻐서 놀랐어……."

모 초등학생 탐정의 만화에 등장하는 붉은색 수사관의 명장면을 흉내 내는 어머니와 마츠리. 너무 사소해서 누구를 흉내 낸 건지 알 수 없는 성대모사 대회에 출전하면 상위에 입상할 수 있을 정도로 완성도가 높다는 게 짜증 난다.

"사진은 마츠리가 보여 줬지만 한 번 제대로 만나서 얘기해 보고 싶었어. 마츠리, 잘했어!"

참고로 이 상황을 만들어 낸 범인은 다름 아닌 내 사랑하는 의붓동생 마츠리다.

어쨌든 이 숙박 모임의 구체적인 일정을 정한 건 마츠리인 것이다. '히메미야 선배랑 상의해서 결정했으니까 유이 오빠는 마음 푹 놓고 있어!'라고 말하기에 일말의 불안감을 느끼면서도 참견하지 않았지만, 아무래도 큰 실수였던 것 같다.

내가 마츠리에게 들었던 카나데와 만나기로 한 시간은 오후 1시다. 집합 장소는 카페 '마블'. 하지만 실제로는 아침 10시에 카나데가 직접 우리 집으로 찾아왔다. 나한테 거짓말을 하면서까지 오후에 출근하는 어머니와 만나게 하고 싶었던 걸까?

"유이토도 박정해졌네. 히메미야처럼 귀여운 애랑 같은 반이 돼서 옆자리에 앉게 됐는데 아무런 얘기도 해 주지 않다니……."

"봄방학 때 알바 중에 히메미야 선배를 추근거리는 남자들에게서 구해준 것도 엄마한테 비밀로 했잖아. 유이 오빠는 언제부터 신비주의가 된 거야?"

흑흑 하고 우는 시늉을 하는 어머니에게 마츠리가 씨익 하고 음흉한 미소를 짓는다. 그리고 그 두 사람이 주고받는 대화를 듣고 있던 카나데가 못마땅한 눈으로 나를 물끄러미 쳐다본다.

"……뭔가 하고 싶은 말이 있나 보네, 카나데."

"딱히, 아무것도 없는데?"

그건 뭔가가 있는 사람이 하는 대사란 말입니다. 애초에 나는 신비주의도 뭣도 아니다. 내가 카나데 얘기를 하려고 해도 그전에 마츠리가 전부 떠벌려서 하고 싶어도 할 수 없었던 것뿐이다.

"사실…… 할 수만 있다면 나도 숙박 모임에 참가해서 히메미야한테 유이토를 설명하는 자리를 갖고 싶지만…… 슬슬 일을 하러 가야 해서 말이지."

나를 히메미야에게 설명하다니 무슨 소리야. 설마 태어나서 지금까지 있었던 일화들을 다 꺼내 얘기할 작정은 아니겠지? 그런 짓은 절대로 못 하게 막을 테니까.

"그럼 히메미야, 숙박 모임 재밌게 보내. 유이토, 돈은 마츠리한테 줬으니까 저녁 식사는 원하는 걸로 먹어도 돼."

"……알았어. 여러 가지로 고마워. 너무 무리해서 일하지 말고, 엄마."

"걱정 마, 예전처럼 쓰러지거나 하지 않을 테니까. 그럼 히메미야, 편하게 지내다 가렴! 나중에 또 느긋하게 얘기를 나누자!"

그럼 다녀오겠습니다, 라고 말하며 어머니는 집을 나갔다.

그 뒷모습을 배웅하며 나는 속으로 크게 한숨을 내쉬었다. 숙박 모임은 아직 오프닝이 시작되지조차 않았건만 벌써 피로가 몰려오고 있다. 이 상태로 괜찮으려나, 나.

"좋았어! 엄마랑 인사도 마쳤고 숙박 모임 겸 공부 모임을 시작해 보실까! 히메미야 선배, 다시 한번 오쿠가와 가에 온 걸 환영해요!"

"고마워, 마츠리. 그럼 나도 다시 인사할게. 오늘과 내일 이틀간 신세를 지겠습니다. 잘 부탁해, 유이토."

이리하여 전도다난한 숙박 모임이 시작되었다.

부탁이니까 아무 일도 일어나지 말았으면. 나는 진심을 담아 그렇게 기도했던 것이었다.

＊＊＊＊＊

싫은 일을 먼저 끝내고 마음껏 놀자는 카나데의 제안으로 오전 중에 2시간, 중간에 점심시간을 끼고 2시간을 더 착실히 시험 공부를 했다.

처음에는 마츠리도 투덜거리며 불평을 해댔지만, 묵묵히 손을 움직이는 카나데에게 자극을 받았는지 어느새 집중해서 교과서의 내용을 노트에 정리하고 있었다.

덕택에 카나데와 어머니의 예상치 못한 조우로 시작된 숙박 모임 겸 공부 모임은 뜻밖에도 딱히 큰 문제가 일어나는 일 없이 정신이 들자 간식 시간으로 접어들고 있었다.

그리고 현재. 우리들은 거실에서 커피를 마시며 카나데가 직접 만든 케이크에 입맛을 다시고 있었다.

"으음~ 히메미야 선배가 직접 만든 케이크 엄청 맛있어요! 솔직히 이거, 가게에 내놓아도 될 수준인데요?!"

"고마워, 마츠리. 그렇게 말해 주니 열심히 만든 보람이 있네.

많이 있으니까 팍팍 먹어.”

마츠리는 네! 하고 활기차게 대답한 뒤 접시 위의 초콜릿 케이크를 게걸스레 입에 넣었다. 카나데가 그 모습을 기쁜 듯이 다정한 미소를 지으며 쳐다보고 있다.

“마츠리는 정말 귀엽네. 내 여동생으로 삼고 싶을 정도야.”

“에헤헤, 정말요? 실은 저도 히메미야 선배 같은 언니를 갖고 싶었어요! 이게 바로 상사상애*라는 걸까요?! 상사상애라는 걸까요?!”

마츠리가 그렇게 말하며 내게로 불쑥 다가왔다. 중요한 말이라 2번 하는 건 상관없지만 적어도 입 안의 케이크는 다 삼키고 하려무나. 그리고 아까까지만 해도 분명 반나절의 공부에 지쳐서 그로기 상태에 빠져 있었는데, 그 기운은 대체 어디서 솟아난 거야?

“있지, 유이토의 소감도 듣고 싶은데. 내가 만든 케이크, 맛있어?”

속눈썹을 내리깔며 어쩐지 불안해 보이는 기색으로 카나데가 묻는다. 마츠리가 벌써 몇 번이나 맛있다고 연호했으니 자신만만하게 있어도 될 텐데 어째서 그런 얼굴을 하는 걸까.

카나데가 만들어 온 초콜릿케이크는 정확하게는 자허토르테라고 한다는 모양이다. 초콜릿이 들어간 스펀지케이크 사이에 라즈베리 잼을 바르고 그 위를 생초콜릿으로 덮은 정성이 들어간 일품이다.

“내가 초콜릿케이크를 좋아한다는 걸 제외해도 이렇게 맛있는 케이크는 처음 먹어 봐.”

* 相思相愛, 서로 사모하고 사랑함.

녹아내릴 듯이 달고 촉촉한 맛 사이로 상큼한 신맛이 입 안에 펼쳐져서 질리지 않고 먹을 수 있다. 마츠리의 '가게에 내놓아도 될 수준'이라는 소감도 꼭 틀린 것만은 아니었다.

"저, 정말? 지금까지 먹었던 어떤 케이크보다도 맛있었어?"

"이래 봬도 난 솔직한 사람이라고. 빈말을 빼고 지금까지 먹었던 어떤 케이크보다도 맛있었어. 고마워, 카나데."

"유이 오빠의 말대로예요, 히메미야 선배! 이거라면 매일이라도 먹을 수 있어요! 오히려 먹게 해 주세요!"

아무리 그래도 매일 먹었다간 여러모로 큰일이 날 거라고 생각하지만, 그 정도로 맛있다는 의미에서는 마츠리의 소감에 전적으로 동의한다. 카페 '마블'의 신규 메뉴로 제안한다면 점장님도 기뻐하지 않을까.

"정말…… 둘 다 과장이 너무 심해. 그렇게 말하면 또 만들고 싶어지잖아."

카나데가 뺨을 주홍빛으로 물들인 채 부끄러운 듯이 몸을 꼼지락거리고 있다. 응, 입으로 말하지는 않겠지만 과장이 아니라 엄청 귀엽네.

"하아…… 유이 오빠는 정말 틈만 나면 히메미야 선배를 넋을 잃고 쳐다보네……."

"뭐?! 마츠리, 무슨 소리를 하는 거야?! 나는 딱히 카나데의 수줍어하는 얼굴에 넋이 나간 게 아니거든?!"

"네! 자백을 받았습니다! 유이 오빠는 자각하지 못했겠지만, 공부를 하고 있을 때도 히메미야 선배의 옆얼굴을 힐끔거리며 쳐다보고 있었거든? '하아…… 카나데는 집중하는 얼굴도 멋지네.'라는 마음의 소리가 새어 나오고 있었다고.”

마츠리가 한심해하는 기색으로 어깨를 으쓱였다. 설마 이 의붓동생은 사람의 마음을 읽는 초능력자인가?!

“아니거든, 유이 오빠가 얼굴에 다 티를 내는 것뿐이거든? 뭐, 그건 히메미야 선배도 마찬가지지만 말이지. 유유상종이란 바로 이걸 두고 하는 말이네.”

“자, 잠깐만 마츠리?! 갑자기 무슨 소릴 하는 거야?! 나는 딱히 유이토한테 넋을 잃지─!”

“역시…… 히메미야 선배도 자각이 없었네요? 틈만 나면 유이 오빠의 옆얼굴을 힐끔거리면서 ‘진지하게 공부하는 유이토, 멋있어.’ 하고 사랑에 빠진 소녀의 얼굴을 하고 있었다는 자각이!!”

“스토오오오옵!! 뭐든지 말하는 걸 들어줄 테니까 그 이상은 말하지 말아 줘, 마츠리!! 부탁이야!!”

비명을 지르며 황급히 양손으로 마츠리의 입을 틀어막으려 하는 카나데. 하지만 마츠리는 실실 웃으며 닌자처럼 화려하게 그 손길을 피했다.

옆에서 보면 두 미소녀의 화목하고 흐뭇한 광경이지만, 나는 그 모습을 쳐다보고 있을 심경이 아니었다.

“후우…… 하는 수 없네요. 그럼 이제부터 히메미야 선배를 ‘카나데 언니’라고 부르는 걸 허락해 주신다면 공부 모임에서 있었던 일은 비밀로 해 드릴게요. 어때요?”

“뭐? 그 정도로 함구해 준다면 나로서도 바라던 바야!”

예상치 못한 요구에 카나데는 놀라서 눈을 끔뻑거렸다. 뭐, 남동생이 있는 카나데에게 언니라고 불리는 건* 익숙할 테니 그런 반응도 당연하겠지.

"만세! 그럼 앞으로는 카나데 언니라고 부를게!"

만면에 미소를 지은 마츠리가 카나데의 품 안으로 힘차게 뛰어들었다. 천하의 카나데도 이 기습에는 미처 반응하지 못해서, 포옹을 받아주긴 했지만 뒤로 쓰러지고 말았다.

"에헤헤…… 기뻐. 계속 아빠랑 둘이서만 지내서 언니가 있었으면 좋겠다는 생각을 줄곧 하고 있었거든! 물론 오빠가 생겼을 때도 기쁘긴 했지만 말이지!"

"억지로 덧붙이지 않아도 괜찮아. 그보다 갑자기 달려들면 위험하거든? 카나데, 괜찮아?"

"으, 응. 조금 놀라긴 했지만 괜찮아. 그리고 나도 왠지 여동생이 생긴 것 같아서 기뻐."

카나데는 그렇게 말하며 사랑스럽다는 듯이 마츠리의 머리를 쓰다듬었다. 무척이나 온화한 그 얼굴과 모습은 명화에 그려진 사랑하는 제 아이를 애지중지하는 여신 같아서 저도 모르게 숨을 쉬는 것도 잊어버릴 만큼 넋을 잃고 말았다.

"왜 그래, 유이토? 계속 멍하니 있는데 괜찮아? 혹시 몸이라도 안 좋아?"

"아니, 틀렸어. 잘못 알고 있어, 카나데 언니. 유이 오빠는 분명 카나데 언니에게 넋이 나간 거야. 그리고 자기도 이 마시멜로처럼 부드럽고 매혹적인 과실 속에 감싸여서 어루만져지고 싶다고 생각하고 있을 게 뻔해!"

---

* 일본에서는 누나와 언니를 남녀가 동일하게 '아네, 네에(姉)'라고 호칭한다.

"확실히 앞부분은 맞췄지만 뒷부분은 틀렸거든? 그리고 지극히 당연하다는 듯이 희롱하는 발언을 일삼는 건 제발 그만하지?"

의기양양한 얼굴로 내 마음을 적당히 날조해 대변하는 마츠리에게 나는 질려 버렸다. 이제부터 카나데와 하룻밤을 함께 보내게 될 텐데 탐스러운 과실의 감촉을 나도 맛보고 싶어 한다고 말하면 날 뭐라고 생각하겠느냔 말이다. 해도 되는 농담과 아닌 농담을 좀 구별해 달라고.

"저기…… 유이토는 말이야, 내 가슴…… 만지고 싶어?"

"……뭐?"

카나데가 방금 뭐라고 말했지? 내 귀가 이상해진 게 아니라면 가슴을 만지고 싶은지 물어본 것 같은데?!

"아니면 만지기만 하는 게 아니라, 주, 주물러 보고 싶어? 아니면 아니면! 그 이상의 것도 해 보고 싶다…… 든가?"

마츠리를 꼭 끌어안으며 터무니없는 말을 입에 담는 카나데의 얼굴은 금방이라도 불을 뿜을 것처럼 새빨개져 있었다. 하지만 그건 나도 마찬가지다. 뺨이 심상치 않은 열기를 띠고, 심장이 터질 기세로 빠르게 뛰고 있다.

"저, 전에도 말했던 것 같지만 나는 언제든지 환영이니까 말이지? 사실 이번 숙박 모임에서 유이토가 늑대가 될 것도 예상하고 준비해 왔으니까……."

내 안에 있는 이성의 천사가 '들어선 안 돼! 돌이킬 수 없게 돼!'라고 외치고 있었지만, 욕망의 악마가 '안 들으면 후회할걸?'이라고 속삭였다.

"혹시 몰라서 묻는 건데…… 대체 뭘 준비해 온 거야?"

　정확히 3초 동안 고민한 결과, 나는 욕망의 악마에게 저항하지 못하고 떨리는 목소리로 카나데에게 묻고 말았다. 오히려 묻지 않는다는 선택지가 있는지 되묻고 싶다. 있을 리가 없다고!

　"그야 당연히…… 유이토가 좋아할 만한 귀여운 속옷이라든가, 그리고 사이즈가 맞을지 모르겠지만 콘ㄷ."

　"스토오오오옵!! 그 이상은 말하지 못하게 할 거니까?! 생각했던 것보다 훨씬 더 본격적으로 준비했잖아!!"

　카나데의 머릿속이 상상했던 것 이상으로 야했기에 나는 저도 모르게 외치고 말았다. 속옷이면 몰라도 피임 도구까지 준비해 왔다고?!

　"그, 그치만 하룻밤을 같이 보내는걸?! 남자가 있는 집에서 자는 거잖아?! 평소에는 진지하고 다정하던 유이토가 늑대가 될 가능성도 있잖아! 그래서 언제 그때가 와도 문제없도록 속옷도 새로 사고, 창피했지만 편의점에서 그것도 사서……."

　"그러니까 스톱이라고 말했지?! 그런데도 어째서 얘기를 계속하는 거야?!"

　나는 어깨로 씩씩 숨을 몰아쉬며 다시 한번 외쳤다.

　카나데는 귀까지 새빨개진 상태로 '그치마안…….' 하고 귀엽게 투정 부리며 마츠리를 꼭 끌어안았다. 저 두 개의 언덕에 머리를 묻고 있는 마츠리가 정말 부럽다. 가능하다면 지금 당장 그 자리를 교대해 줬으면 좋겠나. 가 아니라!

　"오늘을 위해서 카나데가 엉뚱한 방향으로 각오나 준비를 해 온 건 잘 알았어. 그래도 이제 슬슬 안고 있는 마츠리를 놓아 줬으면 해. 이대로 가다간 큰일이 나겠어."

"유, 유이 오빠…… 구해줘어……. 카나데 언니…… 숨 막혀어
……. 계속 이 상태로 있다간 죽어 버릴 거야아…….”

"꺄아아악??!! 마츠리, 괜찮아?!! 숨은 쉬고 있어?! 죽지 마!!”

카나데는 비명을 지르며 황급히 마츠리를 놓아 주었다. 질식하
기 직전에 풀려난 마츠리는 어깨로 쌕쌕 숨을 몰아쉬며 허둥지둥
내 옆으로 이동하더니 몸을 바들바들 떨며 팔에 꼭 매달렸다.

"하, 하마터면 카나데 언니의 품속에서 하늘나라로 갈 뻔했어.
유이 오빠, 덕분에 살았어. 고마워.”

"으윽…… 미안해, 마츠리. 작은 동물 같아서 귀여운 데다 안는
느낌이 너무 좋아서 그만 힘이 들어가 버렸어. ……다음부터는 조
심할게.”

"아냐, 아냐! 카나데 언니의 품속에서 하늘나라로 갈 수 있다면
어떤 의미로는 바라던 바니까. 애초에 모든 잘못은 유이 오빠에게
있으니까 카나데 언니는 전혀 사과할 필요 없어!”

마츠리는 그렇게 말하며 나를 노려보았다. 아니, 나는 아무런
나쁜 짓이나 나쁜 말도 하지 않았다고 생각하는데?!

"어째서 내가 나쁜 사람이 되는 건데?! 아무리 생각해도 카나데
의 폭주가 원인이잖아!”

"입 다물어! 카나데 언니가 각오를 하고 이것저것 준비해 왔다
는데 유이 오빠의 그 태도는 뭐야?! 너무 심해서 차마 눈 뜨고 볼
수가 없어!”

"그럼 어떻게 반응하는 게 정답이었던 거야?! 설마 카나데의 각
오에 응해 주리고 말하는 건 아니겠지?!”

"무슨 소릴 하는 거야, 유이 오빠! 카나데 언니의 각오에 응하는

건 당연한 일이거든! 그런데도 닭처럼 꾁꾁거리면서 한심한 발언이나 연발하다니 정말 믿을 수가 없어!"

마츠리가 퍽퍽 소리가 나도록 힘껏 내 등을 두드린다. 가녀린 몸 어디에 그런 힘이 있는 건지 평범하게 아프니까 그만했으면 좋겠다.

"아니면 유이 오빠는 카나데 언니의 귀여운 속옷을 보고 싶지 않은 거야?! 같이 목욕을 하고 싶지 않아?! 누구나 동경하는 히메미야 카나데를 하룻밤 동안 차지할 수 있는 기회거든?! 이건 앞으로 살날이 많이 남은 유이 오빠의 인생에서 한 번 있을까 말까 한—꺄흑?!"

거칠게 콧김을 뿜으며 기관차처럼 쏘아대는 마츠리에게 나는 압도당해 실례되는 말을 듣고 있음에도 불구하고 아무런 반박도 하지 못하고 있었다. 그런 의붓동생을 손날로 쳐서 폭주를 멈춘 건 다름 아닌 카나데였다.

"잠깐, 잠깐만 마츠리! 대체 무슨 소리를 하는 거야?!"

"갑자기 때리다니 너무해, 카나데 언니! 서두르지 않고 주변부터 공략해 나가고 싶다던 카나데 언니를 위해서 내가— 앗!"

"마츠리—??!! 그건 둘만의 비밀이라고 그렇게—."

"동생아, 그리로 카나데. '앗'이라고 말한 시점에서 답변을 한 거나 마찬가지지만 일단 물어볼게. 비밀이란 게 뭐야?"

카나데가 겨한 이쯔로 서둘러 마츠리의 입을 막으러 달려들었지만 이미 늦었다.

내 질문에 두 사람은 이마에서 땀을 줄줄 흘리며 입을 다물었다. 뭐, 나는 대충 파악했지만 말이지. 수수께끼는 전부 풀렸다.

진실은 늘 하나.

"어 음…… 그건, 그…….”

"대답하기 힘들면 내가 대신 말할까? 요컨대 방금 카나데가 했던 대담하기 그지없는 수많은 발언들은 마츠리 네 머릿속에서 나온 거지? 나를 부끄럽게 만들어서 곤란해하는 모습을 보는 게 목적이었던 거잖아?”

하지만 그녀들은 아무것도 모르고 있다. 나는 카나데가 우리 집에 자러 온 것만으로도 이성이 어떻게 될 것 같다고. 비유하자면 나는 처음부터 밀면 쓰러지는 녹아웃 직전의 상태다. 거기에 폭풍 같은 좌우 연타를 날리지 말았으면 좋겠다.

"끄응…… 여기까지 왔는데도 여전히 유이 오빠의 정신력이 오리하르콘 급일 줄이야. 카나데 언니, 지면 안 돼!”

"응! 마츠리가 차려준 이 기회, 절대 놓치지 않을게! 나, 힘낼 거야!”

카나데가 그렇게 말하며 주먹을 꼭 쥐고 새로이 결의를 다졌다. 부탁이니까 힘내지 말아 달라고 말해 봤자 소용없겠지.

나는 속으로 깊이 한숨을 내쉬며 현실에서 도피하고자 오늘 저녁 식사를 어떻게 할지 고민했던 것이었다.

＊＊＊＊＊

오후 5시를 살짝 넘긴 시각. 우리들은 카나데와 마츠리가 좋아하는 버튜버 유키우에 시엘의 생방송을 보며 저녁을 먹고 있었다.

참고로 메뉴는 카레다. 냉장고에 남아 있던 재료가 마침 카레용이었기에 내가 만들었다.

카나데는 거들어 주려고 했지만 손님에게 일을 시킬 수는 없었고, 마츠리에게 식칼을 쥐여줬다간 그야말로 참사가 벌어질 수 있었다. 그리고 혼자서 작업하는 게 이상한 생각을 할 일도 없고 말이지. 번뇌야 물러가라.

"오랜만에 유이 오빠가 만든 특제 카레를 먹었는데 역시 맛있네! 너무 맛있어서 말*이 돼 버리겠어!"

"마츠리 말대로야. 이 카레, 엄청 맛있어! 그리고 유이토가 요리를 할 줄 아는 남자였다는 사실에도 깜짝 놀랐어."

밥을 먹으며 함박웃음을 짓자 카나데가 경악으로 얼굴을 붉혔다. 내가 요리를 할 수 있다는 게 그렇게 충격적인가. 그건 그것대로 쇼크라고 할까 어떻게 반응해야 할지 모르겠는데.

"놀랐어? 엄마가 늦게 퇴근할 때는 유이 오빠가 대신 요리를 해 줘. 심지어 일식 양식 중식 뭐든지 가능한 우리 집의 숨은 주방장이지!"

"아무 얘기나 날조하지 마. 나는 뭐든지 만들 수 있는 만능 셰프가 아니라고."

나는 의기양양한 얼굴로 가슴을 펴는 마츠리에게 진저리를 치며 말했다.

"어때, 카나데 언니? 우리 유이 오빠는 잘생겼고 힘도 세고 요리도 잘해! 성적은 그저 그렇지만 삼재력은 충분하고! 여동생인 내 입으로 말하기는 그렇지만 우량매물이지!"

네가 무슨 실력 없는 영업사원이야? 하필이면 오빠를 우량매물

---

* 일본어로 말을 가리키는 '우마'에는 맛있다는 뜻도 있다.

에 비유하냐. 그리고 판매할 사람도 제대로 고르라고. 카나데 같은 고객에게 나는 어울리지 않으니까.

"마츠리 말이 맞아. 잘생기고 배짱도 두둑하고 왕자님인데 심지어 요리까지 할 수 있다니…… 어라, 혹시 유이토는 최강인 거 아냐?"

턱에 손을 얹고 고민한 끝에 카나데가 내놓은 답은 엉뚱한 것이었다.

이 미소녀는 어째서 가끔 멍청해지는 걸까. 하지만 그런 카나데 역시 귀엽다고 생각해 버리는 나도 멍청인가.

"그러니까 손을 타지 않은 지금이 기회야, 카나데 언니. 강력한 라이벌은 있지만, 현재 유이 오빠가 이성으로 인식하는 여자는 카나데 언니뿐이니까. 내가 봤을 때는 한두 번만 더 노력하면 함락시킬 수 있어!"

동생아, 너의 그 판단은 틀렸다. 이 상태로는 풀 수 있는 수수께끼도 영원히 어둠 속을 맴돌겠지. 조금 더 추진력을 키우고 나서 다시 오라고.

"그, 그럴까? 조금만 더 노력하면 되려나?"

어라라, 이상하다? 마츠리의 어처구니없는 얘기를 들은 카나데가 침착함을 잃기 시작했잖아.

"괜찮아. 나를 믿어, 카나데 언니. 여동생 센서에 따르면 오늘 밤 시도하면 유이 오빠를 함락시킬 확률은 95%라고 나와 있으니까!"

"적당히 해, 바보 동생."

나는 한숨을 내쉬며 마츠리의 머리에 딱 손날을 떨궜다. 여동생

센서니 내가 함락되니 아무 말이나 하지 말라고.

"그렇구나……. 95% 확률로 유이토를 함락시킬 수 있구나……. 고마워, 마츠리! 오늘 밤에 힘내 볼게!"

"바로 그 자세야, 카나데 언니! 괜찮아, 그 작전으로 가면 유이 오빠도 단념할 테니까! 오히려 이걸로 안 되면 유이 오빠가 이상한 거니까! 이성이 강철을 넘어서 부처님의 영역인 거라고."

"그 작전이란 게 뭔데?! 둘이서 대체 무슨 일을 꾸미고 있는 거야?!"

마츠리는 주먹을 쥐며 단언했고, 카나데는 날카로운 눈빛으로 나를 물끄러미 응시했다.

가슴이 두근거렸지만 이건 카나데와 눈을 마주치고 있어서는 아니다. 그녀가 무엇을 생각했고 실행하려 하고 있는지 알 수 없다는 공포심 때문이다.

"훗훗훗. 안심해, 유이 오빠. 앞으로 일어날 일은 천국으로 갈 만큼 최고의 경험이 될 게 분명하니까! 동이 트면 나한테 감사하고 감격하게 될걸!"

"과연, 대충 알겠어."

"마츠리가 말한 대로, 안심해. 내가 분발할 테니까! 유이토가 기분 좋아질 수 있도록 있는 힘껏 노력할 테니까!"

"그 발언으로 단숨에 불안해졌거든?!"

가나데가 뺨을 붉히며 외치듯이 터무니없는 말을 내뱉었다. 이 청초하고 훈훈한 미소녀의 머릿속은 온통 야한 생각으로 가득 차 있는 건가?! 카나데는 사실 음흉한 변태인 건가?!

"훗훗훗. 유이 오빠가 어떻게 반응할지 기대되는걸. 과연 사랑하는 우리 오빠가 제정신을 유지할 수 있을 것인가?"

"유지할 수 없을 만한 일을 꾸미고 있는 거야?! 그런 거야, 카나데?!"

내 질문에 카나데는 메마른 휘파람 소리를 내며 딴청을 부렸다. 틀렸어, 생각을 전혀 못 읽겠어. 이 뒤에 무엇이 기다리고 있을지 불안해서 가슴이 아팠다.

"그럼 카레도 다 먹었겠다 시엘의 생방송을 찬찬히 즐겨 볼까! 카나데 언니도 볼 거지?"

"물론이지. 나도 마츠리랑 같이 시엘의 방송을 보고 싶었으니까. 아, 그래도 그 전에 설거지를 해야……."

"설거지라면 내가 해 둘 테니까 카나데는 마츠리랑 같이 방송을 봐도 돼."

카나데가 식기를 모아 일어나려는 걸 말리며 나는 그녀가 사용한 그릇을 내 그릇 위에 포개어 부엌으로 향했다.

"아싸! 역시 유이 오빠! 그럼 호의를 감사히 받을게. 소파로 가자, 카나데 언니!"

마츠리는 재빨리 그릇을 싱크대에 가져다 놓고는 머뭇거리고 있는 카나데의 손을 잡아끌고 TV 앞 소파로 이동했다.

"하지만…… 아무리 손님이라고는 해도, 전부 유이토한테 맡길 수는 없어."

"괜찮아, 신경 안 써도 돼. 설거지까지 포함해서 요리니까. 내가 전부 해 둘 테니까 카나데는 마츠리랑 같이 느긋하게 방송을 즐기고 있어."

"유이 오빠가 괜찮다고 했으니까 귀찮은 일은 전부 맡겨 버리고 카나데 언니는 이쪽으로 와! 나랑 같이 방송을 보자고오!"

마츠리가 소파 위에서 떼를 쓰는 아이처럼 싫어 싫어 하고 칭얼거리며 팔다리를 버둥거리자 천하의 카나데도 어떻게 해야 좋을지 몰라 곤혹스러워하고 있다.

"마츠리의 심기가 더 나빠지지 않게 상대해 줬으면 해. 그리고 카나데가 말했듯이 오늘 모임의 메인은 시엘의 방송을 보는 거잖아? 그러니까 둘이서 느긋하게 즐기고 있어."

"시, 싫어! 잠깐만 기다려, 유이토! 확실히 메인이긴 하지만 모임의 진짜 목적은 그쪽이 아니라고 할까……."

엥, 아냐? 마츠리랑 같이 시엘의 생방송을 보고, 그게 끝나면 밤새 아카이브 얘기를 하는 게 이번 모임의 취지 아니었어?

"정말! 진정해, 카나데 언니! 지금은 아직 그럴 때가 아냐! 출발도 늦었는데 흥분 상태에 돌입할 기미다?! 오늘은 춘계 텐노상급 장거리 레이스인데?! 벌써부터 이러면 스태미나가 못 버틴다고!"

마츠리의 비유는 절묘하게 알기 힘들다. 사람들이 전부 우○무스메를 하고 있다고 생각하지 말라고?

간단히 설명하면 춘계 텐노상이란 경마 레이스 중 하나로 최고 등급에 해당하는 G1 레이스 중에서도 최장 거리인 3200m를 달려야 하는, 스피드뿐만 아니라 스태미나도 요구되는 하드한 레이스다. 어차피 지금이랑은 아무래도 상관없는 얘기지만,

"그그그, 그렇지 않거든?! 제대로 회복 스킬을 쌓고 있으니까 괜찮아! 라스트 스퍼트까지 여력을 남겨 둘 거니까 문제없어! 제대로 앞지르고 말 테니까!"

과연, 카나데도 마츠리와 같은 부류였나. 앞지른다고 하는 걸

보면 이 레이스에서 선두를 달리고 있는 건 나라는 뜻이겠지. 무슨 레이스가 개최되고 있는지는 묻지 말라. 그런 건 나도 모르고 생각하고 싶지도 않으니까.

"그렇다면 유이 오빠가 설거지를 하는 동안 방송을 보면서 마지막 작전회의를 해야겠네요!"

"그러자. 유이토한테 저녁을 차리는 것부터 설거지까지 전부 맡기게 돼서 미안하지만…… 부탁해도 될까?"

"응, 괜찮아. 나는 신경 쓰지 말고 마음껏 얘기를 나누도록 해. 나는 설거지를 마치면 방에서 할 일이 있으니까. 무슨 일이 생기면 불러 줘."

모처럼 카나데가 우리 집에 자러 왔는데 방 안에 틀어박히려니 내키지 않았지만, 어머니에게 부탁받은 일도 해야 했다. 부탁이라고 해도 게임을 플레이한 뒤 소감을 전달하는 것뿐이지만.

"오케이! 그럼 목욕할 때 부르러 갈게! 오랜만에 남매끼리 같이 목욕하자! 앗, 괜찮으면 카나데 언니도 같이 어때? 셋이서 등을 씻어 주지 않을래?"

나는 마츠리의 터무니없는 발언을 수도꼭지에서 물을 힘껏 틀어 흘려보냈다. 그리고는 카나데가 쩔쩔매는 모습을 곁눈질하며 묵묵히 설거지를 했던 것이었다.

제7장 왕자님과 수영복과 파자마

"후우…… 이제 겨우 절반인가. 이거 앞날이 걱정인데."

설거지를 마친 지 어느덧 3시간이 경과해 시각은 곧 밤 11시가 되려고 하고 있었다.

평소 같았으면 진작 목욕을 하고 잘 준비를 마쳤겠지만, 어머니가 지정해 준 게임을 플레이하다 보니 시간이 이렇게 돼 있었다.

"엄마한테 뭐라고 보고해야 하나……. '시니게*' 초심자가 이걸 플레이했다간 시간을 엄청 허비하겠지……."

이렇게 말하는 나도 죽어가며 상대방의 공격 패턴을 외우는 소위 '시니게'라는 장르를 플레이하는 건 처음이라 적의 불합리한 공격에 몇 번이나 눈물을 흘릴 뻔했다.

하지만 그것이 쾌감을 선사하기도 해서 그만둘 수 없게 되는 것 또한 사실이다. 그런 생각을 하고 있는데 어머니에게서 전화가 왔다.

—앗, 여보세요, 유이토? 지금 통화해도 괜찮아?

"괜찮아. 이 시간에 어쩐 일이야? 설마 일 얘기?"

—감이 좋네. 맞아, 일 얘기를 하려고 전화했지. 전에 말했던 게

---

* 플레이어가 여러 차례 게임 오버를 반복하면서 맵이나 몬스터의 패턴을 학습해야만 클리어할 수 있는 고 난이도의 게임을 말한다.

임의 진척도랑 소감은 어떤가 싶어서.

전화기 너머에서 어머니가 쓴웃음을 짓는다. 이런 밤늦은 시간에도 일을 하고 있다는 데는 경외심이 들지만, 무슨 일이 생긴 뒤에는 늦으니 쓰러지기 전에 제대로 쉬었으면 좋겠다.

"아직 중간까지밖에 못 갔지만 어려워. 적도 강해서 쉽게 죽으니까 사람에 따라서는 스트레스를 받을지도. 그래도……."

"그래도, 뭔데?"

"몇 번을 패배해도 포기하지 않고 적에게 도전하는, 의욕과 근성이 있으면 굉장히 재밌는 방송이 되지 않을까? 엄마의 사무소 사람들은 다들 그걸 갖고 있으니까 도전해 보는 것도 괜찮을 거라 생각해."

잠시 숨을 돌리거나 스트레스를 발산하려고 즐기는데 오히려 짜증이 난다면 본말전도라고 생각하지만, 하고 나는 덧붙였다.

—……그렇구나. 역시 내 아들이야, 잘 알고 있네! 유이토가 그렇게까지 말한다면 시엘이 방송에서 다음으로 플레이할 게임 타이틀은 이걸로 결정해야겠다! 늘 협력해 줘서 고마워.

"이 정도는 쉬운 일이야. 공짜로 다양한 게임을 할 수 있다고 생각하면 불평은 무슨 오히려 감사해야지."

—후훗, 그것도 그렇네. 참, 그보다 숙박 모임은 어때? 뭔가 야릇한 해프닝 같은 건 없었어?

꼭 방과 후 교실에서 사랑 얘기를 하는 여고생처럼 흥분한 기색으로 어머니가 물었다. 설마 손님으로 온 여자애와 야릇한 일이 있었냐고 희희낙락하며 질문하는 부모가 현실에 존재할 줄은 상상도 못 했다. 그게 내 부모님이라고 생각하니 너무 창피하다.

"유감스럽게도 아무 일도 없었어. 그리고 야릇한 일이 그리 흔하게 일어날 것 같지는 않은데?"

—그렇게 말할 수 있는 것도 지금뿐이야, 유이토. 방심 상태로 혼자서 목욕을 하고 있던 주인공에게 목욕수건을 두른 여주인공이 기습을 감행하는 건 러브 코미디의 클리셰니까!

"아들의 삶을 러브 코미디로 치환하지 말아 주시죠?!"

—지금 히메미야 옆에 누가 있는지 생각해 봐. 제갈공명도 깜짝 놀랄 책사가 같이 있잖아? 그 애가 아무런 생각도 하지 않을 리가 없잖아.

어머니가 그렇게 말하며 남 일처럼 낄낄거렸다. 확실히 요 몇 시간을 돌이켜봐도, 거실에서 간간이 웃음소리가 들리긴 했지만 두 사람은 한 번도 내 방을 찾아오지 않았다.

카나데는 그렇다 쳐도 마츠리의 성격을 생각하면 '유이 오빠, 목욕 준비가 다 됐으니까 하러 가자! 물론 셋이서!'라고 말하며 방으로 쳐들어와야 했다.

—히메미야가 집에 와 있는데 유이토가 느긋하게 게임을 하고 나랑 전화할 수 있다는 건 아무리 생각해도 부자연스럽지 않아?

"어쩌면 이게 폭풍 전 고요라는 걸까?"

—그럴 가능성도 충분히 고려할 수 있지. 유이토도 눈치챘을 거라 생각하지만 히메미야의 짐은 1박 2일용인 것치고는 컸으니까, 어쩌면 사전에 마츠리랑 이런저런 획책을 했을지도 몰라.

"역시 엄마도 눈치챘구나. 두 사람이 대체 무슨 생각을 하고 있는 건지…… 나는 전혀 모르겠어."

나는 초능력자가 아니기에 이 이후에 무슨 일이 벌어질지 전혀 짐작이 가지 않았다. 어쩌면 사건은 이미 일어나고 있는 중인지도 모른다. 그렇게 생각하니 방 밖으로 나가기가 싫은걸.

─미스터리 분위기를 내고 있는데 미안하지만 심각하게 고민할 얘기가 아니거든? 오히려 처음에도 말했듯이 히메미야 같은 미소녀랑 야한 전개로 흘러가는 건 이 세상 모든 남자들이 바랄 일이라고! 기피는 무슨 오히려 감사해야지!

어머니가 난데없이 언성을 높이며 카나데의 부모님이 들었다면 격노할지도 모를 터무니없는 발언을 했다.

마츠리와 아버지에게는 비밀로 하고 있지만 사실 어머니는 마츠리 이상으로 2차원 오타쿠 기질을 가지고 있었던 것이다.

─아무튼 야릇한 상황을 피하고 싶으면 조심하도록 해. 오늘 밤에 히메미야가 어떤 식으로든 시도하려고 들 테니까.

"……알았어. 명심할게. 고마워, 엄마."

─뭐, 나로서는 그런 상황이 벌어지는 편이 즐겁지만 말이지! 참, 전에도 말했지만 만약의 경우가 생기면 반드시 콘돔을 써야 해, 알겠지? 충동에 몸을 맡기면 안 돼! 절대로!

더 얘기해 봤자 의미가 없었기에 나는 아무런 대꾸도 하지 않고 전화를 끊었다. 참 나, 일반적인 부모라면 그런 일이 일어나지 않도록 품행을 단정히 하라고 주의를 줄 대목이었다고.

나는 무거운 한숨을 내쉬며 침대 위로 몸을 던졌다. 긴장을 풀면 순식간에 꿈속으로 빠져들 것 같으니 그 전에 목욕을 해야겠다.

어머니는 방심하지 말라고 말했지만, 아무리 그래도 목욕을 하는데 돌격하지는 않겠지. 안 오겠지? 만약 온다면 어떤 표정을 지어야 할지 모르겠다. 그런 시답잖은 생각을 하고 있는데 갑자기

기세 좋게 방문이 열리더니,

"야호~! 유이 오빠, 깨어 있어?!"

희색이 만면한 마츠리가 방 안으로 쳐들어왔다. 머리카락이 축축하게 젖어 있고 파자마로 갈아입은 걸 보면 이미 목욕을 하고 나온 모양이다.

"무슨 일이야? 그보다 방에 들어올 때는 노크를 하라고 매번 말했잖아. 혹시라도 내가 자고 있었으면 어쩔 셈이었어?"

"그야 유이 오빠의 배 위로 다이빙해서 두들겨 깨울 셈이었지? 아니지, 그런 건 아무래도 상관없어! 유이 오빠한테 욕실이 비었다고 보고하러 온 거야! 슬슬 목욕하려고 하고 있었던 거 아냐?"

"……용케 알았네. 내가 목욕하려고 하던 중이라는 걸."

"에헤헤. 나는 뭐라 해도 유이 오빠의 동생이니까. 그 정도는 손에 잡힐 듯이 알 수 있어!"

그런 걸 알 수 있으면 다른 쪽으로도 신경을 써 줬으면 좋겠다.

"그보다 유이 오빠한테 하고 싶은 말이 있어! 카나데 언니가 기껏 우리 집에 놀러 왔는데 방 안에만 틀어박혀 있는 건 아무리 그래도 너무 심하다고 생각해! 벌로 목욕을 마치고 자기 전까지 같이 있도록 해!"

"잠깐만 기다려, 마츠리. 그건 무슨 의미야?!"

"무슨 의미고 자시고, 유이 오빠에게 방치당한 카나데 언니를 날래 수라는 얘기야! 얼른 목욕하고 해야 할 일을 하라고, 바보 오빠!"

마츠리는 내뱉듯이 말하고는 달아나는 토끼처럼 방을 떠나갔다. 해야 할 일이란 게 뭔데. 책사가 된 못난 동생이 나한테 뭘 시키려고 하는 거야.

"고민해 봤자 소용없나. 일단 목욕부터 하자."

전혀 짐작도 가지 않는 일로 고민해 봤자 소용없다. 나는 속으로 한숨을 내쉬며 욕실로 향했다.

우리 집 욕실은 쓸데없이 넓었다. 욕조는 성인 두 명이 들어가도 공간이 남을 만큼 크고, 어깨 부근에 따뜻한 물을 끼얹어 주거나 허리에 기분 좋은 물줄기를 쏘아 주는 최신 시스템도 달려 있었다. 아버지의 말에 따르면,

「욕실은 하루의 피로를 푸는 장소. 그래서 그곳에 가장 많은 돈을 들였지!」

라나. 그래서 이 집에서 가장 많은 돈이 들어간 건 이 욕실이라고 말해도 과언이 아니다.

그건 그렇다 치고.

나는 재빨리 꼼꼼하게 몸을 씻은 뒤 천천히 욕조에 몸을 담갔다.

나는 일년 내내 뜨거운 목욕물에 몸을 담그는 걸 좋아한다. 하루 종일 열심히 사느라 몸과 마음에 쌓인 피로가 서서히 빠져나가는 순간이 참을 수 없이 좋은 것이다. 그 얘기를 하자 마츠리는 '유이 오빠, 영감님 같아.' 하고 기가 막혀 했지만.

"하아…… 피곤해. 오늘은 정말 지쳤어……."

조용한 욕실에 똑똑 물방울이 떨어지는 소리가 울려 퍼지는 가운데, 목욕물에 어깨까지 담근 채 천장을 올려다보며 나는 혼잣말했다. 같이 공부를 하고 이따금 담소를 나누고 밥을 먹었을 뿐인데 왜 이렇게 피곤한 걸까. 긴장을 풀면 이대로 잠이 들 것만 같다.

"이다음은 잠을 자는 것뿐인데, 그러고 보니 마츠리는 카나데를 어디서 재울 건지 생각해 뒀으려나?"

"만약에 오늘 밤 내가 잘 곳이 유이토의 침대로 정해졌다고 하면 어쩔 건데?"

"으음? 그 말은 카나데랑 같이 잔다는 뜻이야? 만약 그렇게 된다면 최고기는 하겠지만 아무래도 조금 난처하지 않을까?"

"흐음…… 같이 자는 건 최고구나. 그런데 난처한 건 어째서야?"

"아니, 그치만 사귀지도 않는 한창때의 남녀가 동침하는 건 아무래도 좀 그러니까―."

거기까지 말한 그때, 멍하니 꿈결 속을 표류하고 있던 내 의식이 급부상했다. 나는 방금 누구랑 대화를 나누고 있었지?

"하루 동안 수고 많았어, 유이토. 답례로 등을 씻겨 주러 왔는데…… 조금 늦었으려나?"

달칵 소리를 내며 욕실의 문이 열린 그 순간, 나는 무의식중에 입에 담았던 말을 떠올리며 까무러칠 것 같은 기분을 느낌과 동시에 시간이 멈춘 듯한 감각에 빠졌다.

그 이유는 하나, 여신이 지을 법한 요염한 미소를 지은 카나데가 몸에 단단히 목욕수건을 두르고 욕실로 침입해 들어왔기 때문이다.

하얀 도자기처럼 윤기가 도는 피부. 날씬하게 뻗은 사지. 바짝 소여진 허리에 탱탱한 엉덩이. 그리고 수건으로 덮여 있어도 확실히 알 수 있는, 남자의 리비도를 자극해 마지않는 두 개의 과실에 시선이 못박이지 않도록 나는 전력으로 그녀에게서 등을 돌렸다. 평정심을 유지하려 속으로 소수를 센다.

"후훗. 귀까지 새빨개졌네. 왜 그래, 유이토? 설마 부끄러워하는 거야?"

"그야 당연히 부끄럽지! 오히려 카나데는 부끄럽지 않은 거야?! 그보다 애초에 내가 목욕 중이라는 걸 알고 있었지? 그런데도 왜 들어온 거야?!"

어머니에게 방심하지 말라는 말을 듣긴 했지만 설마 진짜로 이런 일이 벌어질 줄이야. 마츠리가 목욕을 마치고 파자마를 입고 있길래, 카나데도 같이 목욕한 줄 알았는데!

"어째서냐니…… 뭐긴 뭐겠어. 3시간이 조금 안 되는 시간 동안 유이토가 방 안에 틀어박혀 전혀 상대해 주지 않아서 외로웠기 때문이지."

"외로웠다니…… 마츠리랑 같이 즐겁게 시엘의 방송을 보고 있지 않았어?"

"그건 그거고! 이건 이거지! 유이토는 정말 벽창호라니까…… 나는 유이토랑 좀 더 가까워지고 싶다고! 그 정도는 알아줘. …… 바보야."

입술을 삐죽이며 끝으로 갈수록 꺼질 것 같은 소리로 카나데가 말했다. 목욕수건을 걸친 요염하고 아름다운 차림으로 어린애처럼 토라지자 반전 매력이 폭발한다. 너무나도 사랑스러워서 나는 차마 똑바로 쳐다보지 못하고 두 손으로 얼굴을 가렸다.

"으음…… 그 반응은 뭐지? 설마 목욕수건을 걸친 내 모습에는 매력이 없어서 볼 가치가 없다는 뜻이야?"

"오히려 그 반대야. 매력이 너무 넘쳐서 직시할 수가 없다고! 그보다 카나데, 목욕수건 아래는 그…… 알몸인 거지?"

목욕수건을 두르고 있어도 그라비아 아이돌도 맨발로 달아날 팔과 다리는 드러나 있었고, 어중간하게 가리고 있는 것이 오히려 야한 분위기를 한계 돌파시키고 있었다. 보지 마, 생각하지 마, 상상하지 마. 그런 짓을 했다간 내 이성이 한순간에 절멸할 테니까!

"의외로 순진하네. 이럴 때 남자라면 군침을 삼키면서 만세삼창과 함께 수건을 벗어달라고 부탁하는 게 일반적이지 않아? 뭐, 나는 유이토가 원한다면 기꺼이 보여 주겠지만 말이지."

카나데는 그렇게 말하며 반짝 윙크를 했다. 그야 보고 싶지 않다고 말하면 거짓말이 되겠지만, 보면 더는 되돌릴 수 없게 될 것 같아서 무서운 것이다. 그야말로 앞으로는 그녀로밖에 여러 가지를 할 수 없게 될 거라는 확신마저 들었다.

"후훗. 걱정하지 않아도 괜찮아, 유이토. 내가 치한도 아닌데 아무리 그래도 수건 밑에 아무것도 입지 않았을 리가 없잖아."

"그렇구나, 그럼 괜찮겠네…… 아니지, 정말로 괜찮은 거야?"

진정하는 거야, 오쿠가와 유이토. 이 자리의 분위기에 휩쓸리면 안 돼. 목욕수건 아래에 뭔가를 입고 있다고 해도 같이 목욕한다는 사실은 변하지 않는다고. 애초에 이 혼욕에는 마츠리의 입김이 닿아 있을 터다. 그렇다면 사실은 수건 아래에 아무것도 걸치지 않고 나를 놀라게 하려는 생각을 하고 있대도 이상하지 않다.

"……유이토가 입을 다물고 무슨 생각을 하고 있는지는 대충 예상이 가. 엉뚱한 추리를 내놓기 전에 미리 공개할게."

카나데가 못 말리겠다는 듯이 쓴웃음을 지으며 망설임 없이 펄럭 목욕수건을 젖혔다.

햇볕과는 무관한 삶을 보내온 것처럼 건강하면서도 새로 내린 눈처럼 희고 고운 피부. 칭칭 동여매고 있던 수건에서 풀려나 풍성하게 열매 맺은 두 개의 과실이 출렁거리며 튀어나오는 순간을 직접 눈으로 목격하는 날이 오게 될 줄이야. 만지거나 주무르지 않고 그저 바라보기만 해도 가슴이 행복으로 차오른다. 가 아니라!

"어때, 유이토? 이 수영복, 잘 어울려?"

어딘가 불안한 기색으로 눈을 치켜뜨며 물어보는 카나데. 약속을 어기지 않고 수건 밑에 수영복을 입고 있었다는 사실에 안도하면서도, 매력 넘치는 수영복 차림에 내 머릿속은 끓기 직전까지 달아올랐다.

"그, 그야 당연히…… 엄청 잘 어울려, 응. 제 어휘력으로는 표현할 수 없을 만큼 귀엽습니다, 네."

카나데가 착용하고 있는 수영복은 앞부분에 꼬임이 들어간 홀터넥 비키니였다. 디자인은 간소하지만 그녀의 매혹적인 두 개의 언덕과 골짜기를 강조하면서도 아름답게 연출하고 있다. 색은 새하얀 피부에 잘 어울리는 요염하고 아름다운 검은색으로 나이에 맞지 않는 관능미를 자아내고 있었다. 과장 없이 말해도 최고다.

만약 이곳이 욕실이 아니라 사람들이 우글거리는 여름의 풀장이나 바다였다면 많은 남성들의 시선을 사로잡았겠지.

"에헤헤, 그렇구나……. 잘 어울리는구나. 고마워, 유이토! 그렇게 말해 주니 정말 기뻐!"

"오히려 안 어울린다고 말하는 녀석을 더 찾기 힘들 것 같은데?"

"나는 유이토한테 '잘 어울려, 귀여워.'라는 말을 듣고 싶었어. 그래서 이 모습을 공개하기 전까지 사실은 엄청 가슴을 두근거리고 있었어. 뭐, 지금도 심장이 터질 것처럼 뛰고 있지만 말이야."

카나데는 그렇게 말하고는 얼굴을 붉히며 수줍어했다.

왕자님이라니 당치도 않다. 카나데는 천사처럼 사랑스러운 여자아이였다.

"그럼 수영복도 공개했으니까 나도 욕조로 들어가 볼까. 그래서 저녁 준비부터 설거지까지 다 해 준 유이토한테 답례를 해야지."

"……네? 답례 같은 건 딱히 필요 없으니까 들어오지 말아 주셨으면 좋겠는데요?"

"사양하지 않아도 되거든? 하루 종일 애쓴 유이토에게 내가 주는 상이라 생각하고 받아줬으면 좋겠어."

카나데가 샤워기로 몸을 씻으며 먹잇감을 발견한 육식동물처럼 입술을 핥는다. 그 탐미적인 표정에 저도 모르게 꿀꺽 군침을 삼켰다.

"마츠리한테 다 들었어. 유이토는 큰 가슴을 좋아하지? 자랑하는 건 아니지만 나도 큰 편이라고 생각해. 그래서……."

"그래서…… 어떻게 할 건데?"

머리로는 물어보면 안 된다는 걸 알면서도 물어보라고 외치는 본능에, 나는 반쯤 무의식중에 질문했다. 돌아온 대답은—.

"뒤에서 꼭 안아주려고! 그리고 쓰다듬어 줄게! 어때?"

어떠냐니, 활짝 웃으며 그렇게 말해도 대답하기 곤란하다. 솔직히 말하면 이 제안은 내가 좋아하는 시추에이션이다. 분명 그 부분도 포함해 마츠리에게 소언을 들었겠지. 하지만 여기서 순순히 좋다고 고개를 끄덕여도 되는 걸까?

"그리고 나는 유이토와 더 많이 얘기해서 유이토에 대해 알고 싶고 나에 대해 알게 하고 싶어. 그러려면 진솔한 대화가 제격이잖아?"

"그거라면 굳이 혼욕을 하지 않아도 할 수 있잖아?! 밤은 아직 많이 남았으니까 이불 속에서 실컷 얘기하면 되지 않을까?!"

"흐음…… 그러니까 유이토는 '오늘 밤은 재우지 않겠어, 아기 고양이.'라고 말하고 싶은 거네? 후훗, 유이토도 의외로 육식 고양 이였구나."

욕조 가장자리에 손을 걸치고 고양이 흉내를 내는 카나데는 폭발적으로 귀여웠다. 이 사랑스러운 아기 고양이를 마구 사랑해 주고 싶은 충동이 샘솟았지만, 나는 그 충동을 전력으로 억누르며 욕조 밖으로 뛰쳐나왔다.

카나데가 아앗! 하고 놀란 소리를 냈지만 애써 무시한다.

"정말…… 유이토 이 심술쟁이."

카나데의 귀엽지만 저주와도 닮은 한탄이 들린 것 같은 기분이 들었다.

＊＊＊＊＊

욕실에서 일어난 오늘 최대의 궁지를 간신히 빠져나온 내 앞에, 숨을 돌릴 새도 없이 재차 타격을 입히듯 더 큰 시련이 찾아왔다.

"저기 말이다, 동생아. 이게 대체 어찌 된 일인지 설명 좀 해 줄 래?"

카나데의 수영복 차림을 보며 부풀어 올랐던 번뇌를 떨쳐낸 뒤 잘 준비를 마치고 거실로 발을 옮기자 어째서인지 이불이 세 채 깔려 있었다.

"카나데 언니랑 소파를 옮기고 빈 공간에 세 사람 몫의 이불을
깔았을 뿐인데 그게 왜?"

"그건 보면 알아. 내가 묻고 싶은 건 거실에 이불을 깐 이유 쪽
이라고. 그보다 카나데랑 같이 준비한 거야?"

"아무래도 나 혼자서 소파를 이동시키는 건 무리니까. 참고로
셋이서 나란히 누워 자는 걸 제안한 건 내가 아니라 엄마니까 부
디 나쁘게 생각하지 마."

과연, 보아하니 작전참모는 마츠리 한 명이 아니었던 것 같다.

희희낙락한 미소를 지으며 마츠리에게 여러가지 조언을 했을
어머니의 모습이 눈에 선하다.

"앗, 말해 두지만 카나데 언니한테도 확인해서 셋이서 같이 자
는 건 양해를 구했으니까. 내 독단이 아니라고."

"그렇구나아. 카나데도 양해해 줬구나아. 좀 봐줘."

"뭘 봐주라는 걸까? 혹시 유이토는 나랑 같이 자기 싫어?"

이 상황에 머리를 싸매고 있는데 목욕을 마친 카나데가 거실로
왔다. 표현 방식에 어폐가 있다고 태클을 걸려 뒤돌아보다 그녀의
잠옷 차림을 본 나는 할 말을 잃었다.

살색 부분이 많았던 수영복 차림도 선정적이었지만, 잠옷 차림
도 그에 필적하는 충분한 파괴력을 갖고 있었다.

카나데가 입고 있는 파자마는 귀엽고 폭신폭신한 디자인으로
여성들에게 인기가 많은 브랜드였다. 하지만 귀엽기만 한 게 아니
라 섹시함도 공존하는 것이 이 브랜드의 특징이기도 하다.

핑크색과 흰색 가로줄 무늬. 앞면에 지퍼가 달린 얇은 후드 재
킷과 맨다리를 아낌없이 드러낸 쇼트 팬츠의 조합. 심지어 앞섶을

어중간하게 풀어 헤쳐서 아름다운 목선이 드러나 있었고 갓 목욕을 마쳤기 때문인지 피부가 살짝 상기된 것이 묘한 요염함을 자아내서 눈을 어디에 둬야 할지 도무지 알 수가 없었다.

"음? 왜 그래, 유이토? 멍하니? 내 얼굴에 뭐라도 묻었어?"

"아, 아니……. 딱히 그런 건…….."

카나데가 내 얼굴을 들여다보듯이 몸을 앞으로 숙이며 물어본다. 그 순간, 가슴팍이 살짝 벌어지며 매혹적인 공간이 아른거렸다. 나는 저도 모르게 꿀꺽 군침을 삼키고 말았다.

"어라라~? 유이 오빠, 설마 카나데 언니의 파자마 차림에 욕정해 버린 거야?"

상스러운 미소를 지으며 마츠리가 내 옆구리를 쿡 찔렀다. 대체 무슨 소리를 하는 거야, 이 망나니 여동생은!

"갑자기 무슨 소리를 하는 거야?! 욕정 따윌 할 리가 없잖아!"

"딱 잘라 말하니까 그건 그것대로 상처받네…… 훌쩍훌쩍."

카나데가 눈언저리를 누르며 슬픈 기색으로 말했지만 이렇게까지 서툰 거짓 눈물은 처음 봤다. 그보다 나를 욕정하게 만들고 싶은 건가?

"카나데 언니를 울리다니 뭐 이런 녀석이 다 있어! 내가 사람을 잘못 봤네, 유이 오빠!"

"어째서 내가 비난을 당해야 하는 건데?!"

"유이 오빠가 솔직하게, 앞으로 숙이고 있어서 보일 듯 보이지 않는 카나데 언니의 가슴을 힐끔거린 사실을 자백하지 않았기 때문이야!"

가슴을 힐끔거렸다고 말하지 말라고! 어폐가 없도록 말해 두자면 나는 카나데의 탐스러운 과실을 보려고 하지 않았다. 우연히 시야 안에 그것이 날아들었을 뿐이지 고의가 아니었다.

"유이토가 나한테 욕정했는지는 차차 추궁하기로 하고. 이날을 위해 새로 산 파자마인데 어때? 나한테 너무 귀여운 것 같긴 한데 잘 어울려?"

카나데가 살짝 고개를 숙이고는 눈만 들어 물어보는데 슬슬 적당히 해 줬으면 좋겠다. 이 사람은 자기가 얼마나 매력적인지 자각하지 못하고 있는 걸까.

"하아…… 어째서 불안해하는 건지 전혀 모르겠어."

"그, 그치만…… 이런 귀여운 옷을 입은 건 처음이니까……."

그녀의 사복은 두 번 정도 본 적이 있지만 둘 다 팬츠 스타일로 귀엽다기보다는 멋있는 인상이었다. 하지만 그렇다고 해서 원피스나 미니스커트처럼 여성스러운 옷이 어울리지 않는다는 건 아니다. 오히려 늠름하고 멋진 카나데가 그런 옷을 입으면 반전 매력에 심쿵해 까무러칠 자신이 있다.

"그래도 이런 옷을 입어야 유이토가 기뻐할 거라고 마츠리가 말해 줘서, 용기 내 사 봤는데…… 아무래도 나한테는 어울리지 않는 것 같네."

카나데가 그렇게 말하며 시무룩하게 어깨를 움츠린다. 어라, 이상하네. 어째 점점 화가 나기 시작하잖아. 마츠리에게로 힐끔 시선을 보내자 '생각난 대로 말해 줘, 유이 오빠.'라고 눈으로 호소하고 있었다.

"다른 사람들은 카나데를 훈남이라든가 왕자님이라고 말하지만 내 의견을 말하자면 카나데는 멋있기만 한 게 아냐. 엄청 귀여워."

"유, 유이토……?"

"순정 만화를 좋아해서 공주님을 동경하는 구석도 소녀 같아서 귀엽고, 팬케이크를 먹고 미소를 짓거나, 토라져서 뺨을 부풀리는 것도 어린애처럼 귀여워서 나도 모르게 그만 머리를 쓰다듬고 싶어져. 욕실에서 입었던 수영복도 지금 입고 있는 파자마도 굉장히 잘 어울린다고 생각하고 귀여워. 심지어 쓸데없이 야하기까지 해서 눈을 어디에 둬야 할지 모르겠다고!"

"음, 저기…… 부탁이야, 유이토. 그렇게 귀엽다는 말을 연발하지 말아 줘. 기쁘지만 부끄러워서 죽을 것 같아."

카나데가 얼굴, 귀, 그리고 목까지 새빨갛게 물들인 채 수치심에 몸을 비튼다. 내 옆에 있는 마츠리도 입을 딱 벌린 채 넋이 나가 있다.

스스로도 터무니없는 소리를 내뱉었다는 자각은 있다. 하지만 일단 말을 꺼내자 멈출 수 없었다.

"그러니까 무슨 말이 하고 싶냐면, 나는 카나데랑 같이 있으면 가슴이 두근거리지 않을 때가 없다는 뜻이었어!"

"……유이 오빠, 얘기가 전혀 정리가 안 되고 있거든?"

"그런 건 말 안 해도 알고 있어! 카나데는 멋있기만 한 게 아니라 귀여워. 내 속에선 카나데가 바로 일본에서 제일 귀여운 여고생이야."

"내, 내가 일본에서 제일 귀여워……? 유이토는 나를 어느 누구보다 귀엽다고 생각해 주는 거야?"

열기를 띤 요염하고 황홀한 표정으로 카나데가 나를 응시한다. 눈동자도 젖어 있고, 기분 탓인지 숨결도 거칠어져 있다. 이대로 충동에 몸을 맡겨서 온힘을 다해 끌어안고 귓가에 '귀여워.'라고 말할 수 있다면 좋을 텐데.

"몇 번이나 말하게 하지 마……. 슬슬 창피해 죽을 것 같으니까."

하지만 그런 배짱이 없는 나는 퉁명스레 그렇게 말하며 딴청을 부렸다. 하지만 카나데는 그런 나의 대응이 마음에 들지 않았는지,

"헐! 닳는 것도 아닌데 한 번쯤은 더 말해 줘도 되지 않아?!"

그렇게 말하며 다가오더니 어깨를 붙잡고는 내 몸을 거세게 흔들기 시작했다. 밀착이라고 할 것까지는 아니지만 거리가 가까운 탓에 목욕 직후에 나는 상쾌한 감귤 향이 풍겨 와서 뇌가 마비되고 사고력이 저하됐다.

하지만 굴복할 수는 없다. 나는 한 줌의 이성을 총동원해 카나데에게 필사적으로 저항을 시도했다.

"닳아! 뭔지는 몰라도 내 안의 소중한 뭔가가 닳는다고! 그러니까 두 번은 말하지 않을 거야!"

"정말, 유이토 이 심술쟁이! 저기, 마츠리는 어떻게 생각해? 한 번 말하는 거나 두 번 말하는 거나 큰 차이 없지 않아?"

거기서 마츠리에게 의견을 묻는 건 반칙 아냐?! 세끼 밥만큼 재밌는 일을 좋아하는 동생이다. 어차피 '카나데 언니의 말대로야! 그만 꿍얼거리고 제대로 말하라고!'라고 말할 게 뻔했다.

"음…… 카나데 언니한테 말하려니 정말 입이 안 떨어지기는 하는데요, 그래도 제가 한마디 하겠습니다. 얼른 폭발해라, 이 바보 커플! 이상입니다. 시청해 주셔서 감사합니다."

마츠리는 죽은 물고기 같은 눈으로 말하고는 성대한 한숨을 내쉬었다.

예상치 못한 말에 나와 카나데는 무심코 얼굴을 마주 보았다. 그래도 그렇지 다른 식으로 표현할 수도 있었을 텐데 바보 커플은 너무하지 않아? 나랑 카나데는 사귀는 사이가 아니라고.

"하아…… 설마 유이 오빠가 이렇게까지 카나데 언니를 러브하고 있었을 줄은 꿈에도 몰랐어. 천하의 마츠리도 깜짝 놀랐답니다."

"뭐?! 나는 딱히 카나데를 러브하는 게—!"

"아니라는 말은 못 하게 할 테니까! 그도 그럴 게 유이 오빠가 카나데 언니한테 하는 '귀여워'랑 나나 노엘한테 하는 '귀여워'는 명백하게 달랐다고! 러브와 라이크의 차이 정도는 나도 알거든!"

마츠리가 뺨을 부풀리며 주장한다. 내가 그런 게 아니라고 부정하기도 전에 마츠리가 입을 열어 말을 계속했다.

"유이 오빠가 이렇게 연인 자랑 대 마신이었을 줄은 몰랐어! 카나데 언니, 각오하는 편이 좋아. 유이 오빠는 자각 없이 달콤한 말을 펑펑 내뱉어서 상대방이 부끄러워 죽게 만드는 재능을 타고났으니까!"

"그런 것 같네……. 확실히 유이토한테 귀엽다는 말을 듣는 건 부끄럽지만, 그 이상으로 기쁘니까 결과적으로는 좋다고 해야 하려나."

정도는 조절해 줬으면 좋겠지만, 하고 카나데가 수줍어하며 말했다. 분하게도 미소 짓는 그 모습이 또 그림이 될 만큼 사랑스러워서 그만 넋을 잃고 말았다. 그리고 그건 악수였다.

"'카나데의 웃는 얼굴, 엄청 귀여워.'라는 유이 오빠의 마음의 소리가 들려오는데? 조금은 감추려고 노력하는 게 어때?"

마츠리가 씩씩 화를 내며 발을 동동 구른다. 사실이었기에 나는 아무런 반박도 하지 못했고, 카나데는 기쁜 듯이 활짝 웃을 뿐 아무 말도 하지 않았다. 이 상황은 대체 뭐지?

"후우…… 좋아, 자자! 이 이상 얘기하다간 내 멘탈이 두 사람의 애정행각에 타격을 입어 죽어 버릴 거야!"

자포자기란 바로 이걸 두고 하는 말이구나. 마츠리는 세 채의 이불 한가운데로 풀썩 쓰러지더니 부리나케 그 안으로 파고들었다.

"잠깐만 기다려, 마츠리. 얘기가 다른데? 한가운데에서 자는 건 유이토라고 얘기하지 않았어? 어째서 마츠리가 한가운데에서 자는 거야?"

카나데가 살짝 노기를 품은 목소리로 마츠리에게 물었다. 애초에 나는 여기서 잔다는 얘기 자체를 듣지 못했는데 말이지.

"달콤해, 너무 달콤하다고, 카나데 언니! 전황은 유동적이라 항상 변화하는 법이야! 요컨대 지금 상태의 카나데 언니와 유이 오빠를 옆에 나란히 눕혔다간, 그 즉시 AM 필드가 최대치로 전개돼서 내가 순식간에 설탕에 절여진 시체가 되겠지!"

내 동생이지만 무슨 소리를 하는 건지 전혀 이해가 안 간다. AT 필드나 GN 필드라면 알겠지만 AM 필드라니 그게 뭔데.

"AM 필드는 달콤달콤(아마아마) 필드의 약칭이야! 그 정도는 알고 있도록 해!"

"알 리가 없잖아……."

도리어 화를 내면서 외치는 마츠리를 보며 나는 저도 모르게 관자놀이를 눌렀다.

"그러니까 카나데 언니. 아쉽지만 오늘 밤 유이 오빠를 보디 필로우로 삼는 건 포기해 주세요."

카나데가 나를 보디 필로우로 삼으려고 획책 중이었어?! 틀렸다, 스스로도 어렴풋이 깨닫고는 있었지만 두 사람이 노도처럼 쏟아내는 터무니없는 말에 태클이 따라가지 못하고 있다.

"으음…… 그건 아쉽네. 그래도 마츠리를 사이에 두고 유이토랑 나란히 눕는 것도 미래를 위한 예습이라고 생각하면 나쁘지 않아."

"혹시나 싶어서 물어보는 건데 무슨 연습이야?"

"그야 뻔하지. 나랑 유이토가 가족이 됐을 때의 예습이야."

유성처럼 반짝이는 윙크를 보내며 카나데가 말했다. 엔딩 요정 같은 그 얼굴은 실로 은하계급 아이돌처럼 아름다워서 홀딱 반할 것만 같았지만, 현재 내가 품고 있는 감상은 단 하나였다.

정말로, 좀 봐줘. 너무 많이 뛰어넘었다고, 카나데.

제8장 왕자님 탄생 비화

다음 날 아침. 나는 잠에 취한 눈을 비비며 토스트를 베어먹고 있었다.

이불 소동 뒤 마츠리와 카나데는 새근거리며 꿈속으로 여행을 떠났지만, 나는 카나데의 '예행연습' 발언 탓에 잠이 다 깨 버려서 좀처럼 잠을 이루지 못했다.

게다가 바로 근처에서 일본에서 제일 귀여운 반 친구가 색색 귀여운 숨소리를 내며 잠들어 있었기에 수마도 어딘가로 날아가 버리고 말았다. 덕택에 내 수면시간은 거의 제로다.

"있지, 유이 오빠. 카나데 언니랑 오늘 일정을 의논해 봤는데…… 셋이서 쇼핑을 가는 건 어때?"

"응? 나는 딱히 상관없지만 뭐 갖고 싶은 거라도 있어?"

"응! 이제 슬슬 여름옷들이 진열될 시기니까 구경해 두고 싶어. 그리고 카나데 언니한테 코디를 받아서 멋지고 성숙한 여자가 될 거야!"

"나도 마침 새 여름옷을 갖고 싶던 참이니까 이것저것 둘러보자, 마츠리."

주먹을 꾹 쥐며 의욕을 불태우고 있는 마츠리에게는 미안하지만, 카나데에 비하면 마츠리는 키와 팔다리 길이, 가슴둘레까지 여러모로 부족해서 코디를 받아도 잔혹한 결과만 나올 거라고 생각한다.

"앗, 참고로 미리 말해 두지만 유이 오빠의 역할은 짐꾼뿐만이 아니니까. 앞에 초가 붙을 만큼 중요한 역할이 있으니까 말이지?"

"짐꾼 말고 뭐가 있는데? 설마 지갑을 내놓으라고 말하는 건 아니겠지?"

"그그그, 그런 말을 할 리가 없잖아! 유이 오빠의 역할은 카나데 언니를 코디해 주는 거야!"

"……뭐?"

모델도 맨발로 달아날 미모와 몸매의 이 미소녀에게 어울리는 옷을 나더러 고르라고? 아무리 그래도 부담감이 너무 크다.

"어차피 살 거면 유이토가 귀엽다고 말해 주는 옷을 선택하고 싶거든. 그래서 미안하지만 이번만은 유이토에게서 거부권을 박탈할 건데 언짢게 생각하지 말아 줘."

"오히려 나한테 거부권이 있었던 기억이 없는데?"

내가 속으로 한숨을 내쉬는데, 마츠리가 사악한 미소를 지으며 내 옆구리를 쿡 찔렀다.

"안이하네, 설탕 과자보다 안이한 생각이야, 유이 오빠. 이건 오히려 카나데 언니를 유이 오빠의 색으로 물들일 절호의 기회라고!"

평상시의 나였다면 틀림없이 '이 바보 동생이 무슨 소리를 하는 거지?' 싶어 한심해하며 무시했겠지만, 지금의 나는 수면부족으로 사고능력이 현저히 저하된 상태다. 그래서 카나데를 내 색깔로 물들일 기회라는 마츠리의 발언에 묘하게 흥분해 버렸다.

“그렇구나……. 요컨대 내가 카나데한테 입히고 싶은 옷을 고르면 된다는 거네?”

“Exactly! 유이 오빠의 손으로 카나데 언니를 귀여운 공주님으로 만드는 게 오늘의 미션이야! 뭐하면 겸사겸사 나를 코디해 줘도 되고?!”

“카나데 한 명으로도 벅차니까 정중히 거절할게.”

내가 즉답하자 모 도박 만화의 주인공처럼 ‘어째서냐고오—?!’라고 외치는 마츠리. 아침부터 기운이 넘쳐서 부러울 따름이다. 이쪽은 필사적으로 하품을 참고 있는데 말이다.

“후훗. 유이토가 어떤 옷을 골라 줄지 기대돼. 기대하고 있을게?”

“열심히 고르기는 하겠지만 부디 과도한 기대는 하지 말아 줘? 어쨌든 여자 옷을 고르는 건 처음이니까.”

게다가 내 입으로 말하긴 뭐하지만 나 자신도 패션에 센스가 있는 편은 아니다. 옷을 살 때도 기본적으로 점원에게 추천받은 것이나 마네킹이 입고 있는 것을 살 뿐이라서 말이다.

벌써부터 마음속에서 불안과 후회에 짓눌리고 있는 나와는 반대로 카나데는 아주 기쁜 듯이 함박웃음을 짓고 있었다.

“정말, 카나데 언니 얼굴에 너무 티가 나잖아! 유이 오빠가 옷을 골라 주는 게 그렇게 기뻐?”

“그야 당연하지. 그도 그럴 게 내가 입었을 때 귀엽다고 생각되는 옷을 유이토가 골라 주는 거잖아? 기쁘지 않을 리가 없잖아. 그리고—.”

“그리고?”

"유이토의 첫 상대가 될 수 있어서 기뻐. 난 이미 마츠리나 노엘이 상대가 돼 봤을 줄 알았거든."

마츠리가 양손을 뺨에 대며 와 하고 놀라서 소리를 질렀다. 나는 갑작스레 덮쳐드는 현기증에 관자놀이를 눌렀다. 일부러 이러는 거지? 일부러 이런 오해를 살 표현으로 나를 곤란하게 만들려는 거지?

"혹시나 싶어 말해 두자면 나도 유이토가 처음이니까 안심해."

"옷을 말하는 거지?! 남자가 옷을 골라 주는 건 내가 처음이라는 의미지?!"

"그야 당연히…… 유이토가 상상한 쪽도, 포함해서지. 굳이 내 입으로 직접 말하게 하지 마, 바보."

뺨을 주홍빛으로 물들인 채 입술을 삐죽이며 카나데가 토라진 어조로 말했다. 부당한 말을 하는데도 수줍어하는 얼굴의 카나데도 귀엽다는 생각이 들고 마는 걸 보면 나도 말기인 모양이다.

"하아…… 아직 사귀지도 않았는데 이 상태면 앞으로는 어떻게 되는 거지. 걱정이네."

나는 마츠리가 무거운 한숨과 함께 내뱉은 혼잣말을 못 들은 걸로 치기로 했다.

* * * * *

아침 식사를 마친 뒤, 우리들은 전철을 갈아타며 교외에 있는 복합형 쇼핑몰로 향했다.

이곳은 유명 브랜드들이 입점해 처마를 맞대고 있어서 옷을 고르기에 안성맞춤인 데다 영화관과 서점, 그리고 게임센터까지 있어서 하루 종일 있어도 즐길 수 있는 시설이었다.

게다가 골든위크가 한창인 덕에 가족 단위로 찾아온 사람들이나 커플들로 매우 북적거리고 있었다.

그리고 현재. 분명 옷을 사러 왔음에도 정처 없이 빙빙 돌며 윈도쇼핑만 하다 1시간이 경과했을 때쯤. 나는 어째서인지 카나데와 단둘이 되어 있었다.

이 쇼핑을 하자고 처음 말을 꺼낸 마츠리는 10분쯤 전에,

「앗, 미안! 노엘한테서 전화가 와 버렸네! 통화가 조금 길어질지도 모르니까 둘이서 둘러보고 있어!」

난데없이 그 말만 남기고는 우리들 앞에서 바람처럼 사라졌다. 입가에 어딘지 모르게 사악한 미소가 걸려 있는 것처럼 보였지만 기분 탓이라고 생각하고 싶다.

그리고 그 망할 동생이 한 짓이다. 어차피 근처에 숨어서 나와 카나데의 모습을 훔쳐보고 있겠지. 심지어 일하고 있는 어머니에게 메시지로 상황을 순차적으로 보고하고 있을지도 몰랐다.

"왜 복잡한 얼굴을 하고 있어, 유이토? 어디 몸이라도 안 좋아?"

"아니, 마츠리가 무슨 생각을 하고 있는지 전혀 알 수가 없어서 말이야. 그보다 어떡할래? 이대로 마츠리가 돌아오기를 기다릴까?"

"아니. 마츠리한테는 미안하지만 시간도 아까우니까 둘이서 옷을 사러 가지 않을래? 마츠리가 없는 편이 유이토도 고르기 쉬울

테고…… 어때?"

카나데의 말이 맞았다. 멀리서 지켜보고 있다 해도 옆에서 놀리는 것보다는 훨씬 나았다. 대화가 들릴 일도 없고 말이다.

"그러게. 기다리는 시간도 아까우니까 그럴까. 마츠리한테는 나중에 내가 연락해 둘게."

"역시 유이토! 얘기가 잘 통하네! 그럼 당장, 아까 마음에 드는 옷이 있었으니까 구경하러 가자!"

카나데가 활기차게 말하며 내 손을 잡고 뛰기 시작했다. 뱅어처럼 가늘고 낭창한 손의 감촉에 심장이 두근거리며 뛴다. 카나데와 손을 잡고 있다는 사실에 기쁨과 부끄러움을 느낀 뺨이 뜨거워졌다.

"사람이 많으니까 달리면 위험해, 카나데."

그런 마음을 들키지 않도록 나는 애써 냉정한 목소리로 앞서가는 미소녀에게 주의를 주었고, 그러자 그녀는 바로 속도를 늦춰 주었다.

평소 같았으면 장난꾸러기 같은 미소를 지으며 '괜찮아, 문제없어!'라고 말했을 대목인데 왜지?

"정말…… 유이토 바보. 너무 세게 쥐었어."

카나데가 귀까지 새빨갛게 물들이며 중얼거린 말이 시끄러운 소음 속에서도 또렷하게 들렸다. 순순히 따라 줬던 건 내가 카나데의 손을 꼭 잡고 끌어당겼기 때문이었던 것 같다.

"미, 미안, 카나데!"

"아, 안 돼! 놓지 마!"

내가 황급히 손을 떼려 하자 이번에는 반대로 카나데가 내 손을 세게 움켜잡았다. 그리고는 눈만 들어 애원하듯이 말했다.

"부탁이야, 유이토. 이, 이대로…… 꼭 잡고 있어 주지 않을래?"

안 될까? 하고 금방이라도 울 것 같은 목소리로 말해 버리면 내게 주어진 선택지는 '네' 아니면 '예스' 두 개밖에 없다. 거절은 불가능했다.

"카, 카나데가 그렇게 하고 싶다면……."

"—! 고마워, 유이토!"

내가 뺨을 붉으며 대답한 순간. 카나데의 얼굴에서 불안한 기색이 가시더니 만개한 꽃처럼 활짝 피었다.

그리고는 기쁨이 폭발했는지 기세 좋게 내 팔에 매달려 왔다. 이런 전개는 나도 예상 밖이다.

"잠, 카나데?! 사람들이 많이 있는 곳에서 팔짱을 끼는 건 역시 부끄럽다고 할까 난처하다고 할까…… 일단 떨어져 주면 안 될까?!"

밀착하면서 가볍고 상쾌한 버베나 향기가 두둥실 감돌며 콧속을 간질인다. 옷을 사이에 두고도 확실히 느껴지는 탐스러운 과실의 말캉하고 보드라운 감촉에 뇌가 저렸다.

"여기까지 하는 건 역시 조금 일렀으려나. 놀라게 해서 미안해, 유이토."

"어, 으응……."

혀를 날름 내밀고 미소 지으며 카나데는 나에게서 떨어졌다. 조금 더 과실의 감촉을 맛보고 싶었다는 생각은 추호도 하지 않았다.

"그럼 다시 출발할까. 에스코트, 부탁해도 될까?"

"알겠습니다, 아가씨—라고 말하고 싶긴 한데. 먼저 가게 위치를 가르쳐 주면 고맙겠어.”

참으로 야무지지 못한 내 대답에 카나데가 순간 멍하니 넋이 나간 표정을 짓더니, 금세 입가를 누르며 킥킥 웃음을 흘렸다. 어울리지 않는 짓은 하는 게 아니다.

“미안, 미안. 이젠 안 웃을 테니까 토라지지 마. 설마 유이토가 집사 흉내를 낼 줄은 몰라서…….”

그 후 한바탕 웃고 만족한 카나데에게 물어 가야 할 가게의 이름을 알아낸 뒤, 우리들은 인파에 떠밀려 놓치지 않도록 손을 꽉 잡고 천천히 목적지로 향했다.

“앗! 이 가게야, 유이토! 이 마네킹의 팬츠 코디가 괜찮은 것 같은데 어때?”

카나데가 도착하기 무섭게 눈을 빛내며 손가락으로 가리킨 끝에 있었던 건 짙은 남색 데님과 검은색 캐미솔 위에 비침이 많은 시어 소재 가운을 걸친 아름다움과 섹시함을 동시에 자아내는 복장의 마네킹이었다.

이 복장이 카나데에게 어울리는지 안 어울리는지로 말한다면 대답은 틀림없이 전자다. 열 명 중 열 명이 그렇게 답하리라.

날씬한 다리와 달라붙는 데님은 잘 어울렸고, 안에 입은 가슴이 파인 캐미솔도 위에 걸친 비치는 가운과 함께 귀여움과 색향을 동시에 자아내고 있어서 근사했다. 하지만―.

“좋다고는 생각하지만 이건 좀 귀엽다기보다는 멋있는 쪽 아닐까?”

오늘 쇼핑의 가장 큰 목적은 카나데의 귀여운 옷 고르기다. 아쉽게도 이 코디는 그 취지에서 살짝 벗어나고 말았다.

"전부터 의문으로 생각하긴 했는데, 카나데는 어쩌다 왕자님이라고 불리게 된 거야?"

"어째서냐고 물어봐도 곤란하지만, 아마 말투랑 행동거지 때문 아닐까? 내 입으로 말하기는 뭐하지만, 내 말투가 좀 남성스럽잖아?"

"으음…… 듣고 보니 그럴지도, 라는 느낌이지만 말이야."

"후훗, 고마워. 내 말투가 이렇게 된 건 남동생을 위해서였어. 유이토한테 제대로 얘기하는 건 처음이지만, 우리 아빠는 내가 중학생 때 병으로 돌아가셨거든. 그때 남동생은 아직 갓 초등학생이었어."

애수가 감도는 그 표정에서 눈을 뗄 수 없어졌다. 세상에서 그녀의 목소리를 제외한 다른 소리가 사라진 것 같은 신기한 감각을 느낀다. 어딘가 그리움에 잠긴 눈으로 먼 곳을 바라보며 카나데가 얘기를 이어갔다.

"엄마는 변호사고 우리 남매를 위해 밤늦도록 일하고 있어서 필연적으로 집안일은 내가 하게 됐어. 하지만 어린 동생은 아빠가 갑자기 사라진 걸 이해하지 못했지. '아빠는 어디에 있어?'라고 매일 같이 물어봐서 힘들었어."

카나데는 그렇게 말하며 쓴웃음을 흘렸다. 남동생의 심정은 아플 만큼 이해가 간다. 아버지가 병으로 돌아가신 지 얼마 안 됐을 무렵에는 나도 어머니에게 몇 번이나 같은 질문을 했다. 그때 어머니가 지었던 서글픈 미소는 지금도 선명히 기억하고 있다.

"그래서 나는 동생을 위해서 아빠를 대신하기로 마음먹었어. 뭐, 엄마는 떨떠름한 얼굴을 했지만 말이지."

카나데는 어깨를 으쓱이며 농담처럼 말했지만, 어머니가 반대한 것도 무리는 아니었다. 카나데가 아무리 애를 써도 진짜 아버지는 두 번 다시 돌아오지 않는다. 그리고 그 사실은 시간이 지나면 결국 동생도 이해하게 될 것이다. 그걸 알고 있기에 카나데의 어머니도 떨떠름한 얼굴을 했던 거라고 생각한다.

"하지만 그 당시의 나는 그것밖에 동생의 슬픔을 치유할 방법이 떠오르지 않았어. 필사적으로 행동하는 나를 보면서 엄마는 아무 말도 하지 않게 됐지만, 딱 하나 약속하게 했지."

"약속? 그건 어떤……?"

"머리카락이야. 엄마가 이렇게 말했어. '행동이나 말투를 아빠처럼 하는 건 상관없어, 그래도 겉모습은…… 하다못해 머리카락만은 네 뜻대로 하렴. 그것까지 네 아빠를 흉내 냈다간 카나데가 카나데가 아니게 돼 버릴 거야.'라고 말이지."

머리카락은 여자의 생명이라고 흔히들 말하지만, 카나데의 길고 비단처럼 매끄러우며 밤하늘처럼 맑은 순흑색 흑발은 그녀의 아이덴티티다. 그녀의 어머니는 그녀가 이것까지 놓아 버렸다간 '히메미야 카나데'라는 존재 그 자체가 이 세상에서 사라질까 봐 걱정했던 것이리라.

"내 흑발은 엄마한테 물려받은 거야. 길고 예뻐서…… 어렸을 때부터 정말 좋아했어. 그래서 머리카락만은 아빠를 따라 하지 않고 이렇게 기르고 있는 거지. 이 정도면 설명이 됐을까?"

"응……, 잘 알았어. 얘기해 줘서 고마워, 카나데. 그리고― 정말 애썼어."

나는 그렇게 말하며 그녀의 머리를 다정하게 어루만졌다.

갑작스러운 나의 행동에 카나데는 놀라서 눈을 크게 떴지만 금세 온화한 표정을 짓더니 어쩐지 기쁜 기색으로 눈을 가늘게 떴다.

"고마워, 유이토. 네가 처음이야. 이 얘기를 했을 때 '애썼다'고 말해 준 사람은……."

"그, 그랬어?"

"응. 다들 '고생이 많았겠다.'든가 '힘들지 않아?'라는 말만 했으니까."

카나데는 누군가에게 칭찬을 받고 싶은 게 아니다. 그러려고 스스로를 반쯤 억누르며 아버지를 대신하려고 한 게 아니다. 그저 남겨진 소중한 가족을 위해 노력한 것이다. 그런 카나데에게 내가 해 줄 수 있는 건─.

"동생 앞에서는 아버지가 되고, 다른 사람들 앞에서는 왕자님이 된다면…… 나랑 있을 때 정도는 평범한 여자애로 돌아가는 건 어때?"

"……뭐?"

"그, 뭐야! 카나데가 전에 카페에서 '내 앞에도 나타나지 않으려나, ……왕자님.'이라고 혼잣말을 했었잖아? 뭐, 공교롭게도 나는 왕자님답지 못하지만 카나데가 괜찮다면─ 내가 너의 왕자님이 될게. 되게 해 주지 않을래?"

나 자신도 왜 이런 말을 한 건지 모르겠다. 요즘 나오는 러브 코미디의 주인공이라도 이런 자의식 과잉에 부끄럽고 민망한 발언은 하지 않을 거라고 생각한다. 구멍이 있다면 들어갈 테니까 그대로 묻어 줬으면 좋겠다.

"있지, 방금 한 말 진짜야? 유이토가 나의…… 나만의 왕자님이 돼 줄 거야? 내가 잘못 들은 건…… 아니지?"

그런 내 마음과는 반대로 카나데는 가슴을 꾹 누른 채 기대와 불안이 뒤섞인 표정으로 물었다.

그 목소리는 내렸다 사라지는 눈처럼 연약했고, 보석처럼 아름다운 눈동자에는 물기로 된 막이 쳐져 있었다.

평소에는 왕자님이라는 별명에 걸맞게 강하고 늠름한데, 이따금 보여 주는 아련하고 나약한 소녀의 모습이 내 안의 비호욕을 몹시 자극한다. 이대로 끌어안고 사랑해 주고 싶다는 생각마저 들었다.

"잘못 들은 게 아냐. 나라도 괜찮으면 카나데의 왕자님이…… 창피하니까 두 번이나 말하게 하지 마, 바보야."

하지만 수치심도 슬슬 한계에 가까웠고, 뺨도 화상을 입을 만큼 달아올랐기에 나는 고개를 돌렸다. 그 모습을 보며 카나데는 후훗 하고 웃었다.

"소원은 입에 담으면 이뤄진다더니 설마 진짜로 실현될 줄이야. 세상일은 어떻게 될지 정말 알 수 없네."

"나도, 설마 이런 말을 하는 날이 오게 될 줄은 생각도 못 했어."

"후회해도 이미 늦었으니까 기분 나빠하지 마."

카나데는 뻔뻔한 얼굴로 말하며 팔짱을 끼고는 절대로 놓치지 않겠다는 듯이 압력을 뿜어내며 나를 바라보았다.

"그럼, 슬슬 나한테 어울릴 옷을 골라 줄래? 나를 너의 색으로 물들여 줘, 유이토. 농담이지만."

카나데가 그렇게 말하며 장난스레 혀를 내민다.

일일이 가슴이 두근거릴 발언을 하거나 귀여운 행동을 하지 말

았으면 좋겠다. 이래서는 심장이 몇 개여도 모자라다.

"하아…… 좀 봐줘, 카나데. 너무 귀엽다고."

"정말! 부끄러우니까 그렇게 대놓고 말하지 마! 그리고 오늘부터는 나 말고 다른 여자애들한테 쉽게 귀엽다고 말하면 안 돼!"

유이토는 나만의 왕자님이 됐으니까! 카나데가 그렇게 말하며 뺨을 부풀린다.

역시 성급했나 후회하는 반면, 소녀같이 귀여운 카나데를 독점할 수 있으니 남자로 태어나서 정말 다행이라고 할까, 이후에 얻을 행복을 전부 당겨서 쓰고 있다는 기분마저 들었다.

"그보다 얼른 옷을 골라 줘! 나를 귀엽게 코디해 줘, 왕자님."

그 뒤. 한바탕 고민한 끝에 나는 연분홍색 오프 숄더 롱 원피스를 골라 카나데에게 입어보게 했다. 말문이 턱 막힐 만큼 귀여운 소녀가 탄생한 건 더 말할 필요도 없으리라.

후기

처음 뵙는 분은 처음 뵙겠습니다, 오랜만인 분은 오랜만입니다. 아마네 메구미입니다. 이번에 '내 앞에서는 소녀같이 귀여운 히메미야 씨'를 구매해 주셔서 정말 감사합니다!

'트위터나 엘●링이나 우●무스메만 하지 말고 글을 쓰라'는 목소리가 들렸다가 안 들렸다가 합니다만, 그건 어디까지나 일시적인 상태였다는 걸 증명하게 돼서 일단은 안심입니다.

다만 이번 작품을 집필하던 중에 버튜버에 빠져 버려서 시간이 무한대로 녹는 공포를 맛봤습니다. 개인적인 최애는 100점 만점의 아가씨를 목표로 하고 있는 분입니다. 그 분의 바●오하●드 방송이 매일의 활력이 되고 있답니다.

그럼, 이쯤에서 살짝 진지한 얘기를 해 둘까요.

저는 주변 사람들에게 훈남이라는 말을 듣는 미소녀가 불현듯 보이는 수줍어하는 얼굴을 아주 좋아합니다. 쿨한 여주인공이 좋아하는 사람 앞에서만 보이는 순진무구한 미소는 최고입니다. 최고 맞죠? (동의를 구하는 무언의 압력)

그런 저의 성벽—아니, 제가 좋아하는 요소들을 눌러 담은 것이 이번 작품의 여주인공, 히메미야 카나데입니다.

주변 사람들의 평가와는 반대로 귀여운 것을 좋아하고 유행에

민감한 구석도 있고, 그러면서도 주인공 앞에서만큼은 귀여운 소녀가 되는 아이입니다.

또 한 명의 여주인공인 유메노 노엘은 히메미야와는 정반대에 위치하는, 아무튼 귀여움을 눌러 담은 여자애입니다. 등장 신을 좀 더 늘릴 수 있었다면 좋았겠지만 애석하게도 글자 수가…… 만약 2권을 내게 된다면 적극적으로 주인공에게 다가가게 만들 생각입니다.

또 잊어서는 안 되는 게 의붓동생인 마츠리죠.

솔직히 말하자면 세 여자애 중에서 마츠리가 제일 쓰면서 즐거운 아이랍니다. 아무튼 히메미야나 유메노나 주인공인 유이토나 기본적인 포지션은 엉뚱한 소리를 하는 쪽이기 때문에 태클을 걸 역할이 만성적으로 부족한 상태입니다. 마츠리도 엉뚱한 소리를 많이 하지만 TPO를 구별해서 태클도 걸어 주기 때문에 매우 고마운 존재랍니다. 그래서 집필을 막 시작한 초기 단계부터 '마츠리가 미적거리는 두 사람의 등을 걸어차 주게' 하기로 마음먹었습니다.

그리고 권두 일러스트를 보고 눈치채신 분도 계실 거라 생각합니다만, 이번 작품에서도 건전한 목욕 신이 존재합니다. 아마네 메구미 하면 목욕 신이라고 말하듯이 이번에도 쓰게 됐습니다. 그리고 Ke타게 선생님께서 최고의 일러스트를 그려주셨습니다. 목욕 후 파자마를 입고 있는 삽화도 있으니 그쪽은 꼭 본편에서 확인해 주세요!

여기서부터는 감사 인사를.

담당자 N님. 익숙하지 않은 러브 코미디임에도 불구하고 정확한 조언을 해 주셔서 감사합니다. 심쿵과 설렘을 느껴 주셔서 다행입니다. 앞으로도 잘 부탁드리겠습니다.

일러스트레이터 Re타케 선생님. 일러스트라는 형태로 본 작품에 생명력을 불어넣어 주셔서 감사합니다. 표지, 권두 일러스트, 삽화 모두 근사해서 그림이 도착하는 게 기대돼 견딜 수가 없었습니다. 본 작품을 함께 만들어 나갈 수 있어서 무척 즐거웠습니다.

이 책의 출판에 관여해 주신 많은 분들께도 감사 인사를.

그리고 무엇보다도 이 책을 구매해 주신 독자 여러분께, 정말로 감사합니다! 무한대의 감사를 드립니다!

쓸 게 없을 줄 알았지만 슬슬 페이지 수가 한계에 임박하고 있기에 이쯤에서 실례하겠습니다.

그럼, 2권에서 다시 여러분과 만나 뵐 수 있기를.

아마네 메구미

내앞에서는 소녀처럼
귀여운 히메미야씨

초판 1쇄 인쇄 2025년 11월 10일
초판 1쇄 발행 2025년 11월 15일

저자 : 아마네 메구미
번역 : 조기

펴낸이 : 이동섭
편집 : 이민규
디자인 : 조세연
영업 · 마케팅 : 조정훈
기획편집 : 송정환, 박소진
e-BOOK : 홍인표, 김은혜, 정희철, 김미연, 황진영, 장화진
라이츠 : 서찬웅
관리 : 이윤미

㈜에이케이커뮤니케이션즈
등록 1996년 7월 9일(제302-1996-00026호)
주소 : 08513 서울특별시 금천구 디지털로 178, B동 1805호
TEL : 02-702-7963~5 FAX : 0303-3440-2024
http://www.amusementkorea.co.kr

ISBN 979-11-274-9690-6 04830

ORE NO MAE DEWA OTOME DE KAWAII HIMEMIYA-SAN
©2022 Megumi Amane / Retake
First published in Japan in 2022 by Jitsugyo no Nihon Sha, Ltd.
Korean translation rights arranged with Jitsugyo no Nihon Sha, Ltd.
through Tuttle-Mori Agency, Inc., Tokyo.